너의 뒤에서

너의 뒤에서

은상 **지음**

2판 1쇄 발행일 2021년 9월 22일 **2판 3쇄 발행일** 2023년 1월 20일
펴낸이 박봉서 **펴낸곳** (주)크레용하우스 **출판등록** 제1998-000024호
주소 서울 광진구 천호대로 709-9 **전화** (02)3436-1711 **팩스** (02)3436-1410
홈페이지 www.crayonhouse.co.kr **이메일** crayon@crayonhouse.co.kr

▪ KC마크는 이 제품이 공통안전기준에 적합하였음을 의미합니다.

ISBN 978-89-5547-839-6 43810

너의 뒤에서

은상 지음

크레용하우스

"혼자서는 우리는 거의 아무것도 못 한다.
함께 하면 우리는 그렇게 많은 것을 할 수 있다"

－헬렌 켈러

추꾸팀

하나, 둘, 셋, 넷, 다섯, 여섯.

최소 열한 명은 돼야 하는데, 아직도 여섯 명밖에 모으지 못했다. 그래도 난 믿는다. 어느 순간 우리 팀에 운명처럼 열한 명이 채워져 있을 거라고. 지금 운동장에서 뛰고 있는 저 녀석들이 그 증거다.

열한 명도 채 되지 않는 축구팀이지만 녀석들에게 구김이란 없다.

팀의 이름이 뭐냐고? 추꾸 팀이다. 정확히 말해야 한다. '축구'가 아니라 '추꾸'다.

"지금 뭐하시는 거예요? 빨리 나가서 선수 데리고 와요! 이게 다 고문님이 저지른 일이잖아요. 시합이 얼마 남지도 않았는데, 여섯 명으로 어떻게 경기를 해요!"

우리 까칠한 매니저가 내게 소리를 지른다. 우리 팀에는 매니저가 둘이나 있다. 그중에서도 열여섯 살밖에 안 된 이 여자아이 — 아이들이 작은 매니저라고 부르는 — 는 심하게 까칠하다. 다른 아이들도 이 매니저의 눈치를 많이 보는 것 같다. 고문인 나나 감독보다 말이다.

추꾸 팀이 만들어지는 데 이 아이의 역할이 그만큼 컸기 때문인가? 아니지, 사실 이 팀은 누구 하나의 힘으로 만들어진 게 아니다. 여기 있는 모두가 함께 만들었다. 이 중에 누구 하나라도 없다면 이 팀은 추꾸 팀이 아니다.

　이런 생각을 하고 있는 동안에도 매니저는 나를 계속 쨰려보고 있다. 나도 어느 순간 저 아이의 눈치를 보게 되었다. 처음 만났을 때는 저렇지 않았는데…….

일영의 세계

내 이름은 일영. 중학교 3학년 여학생이다. 내가 사는 동네는 건강한 사람도 걸어서 올라오기 힘들다고 투덜대는 언덕 위에 있다. 그런데 내 다리는 매우 가는 데다가 조금 휘기까지 했다. 음…….

그것 말고 우리 동네의 특징을 하나 더 말하라면 바보가 한 명 살고 있다. 그 바보는 이상하다. 멀쩡한 것 같으면서도 바보짓을 한 가지씩 한다. 어느 날은 발에 모자를 신고 밖을 돌아다닌다. 그런데 옆에서 말하는 것을 들어 보면 멀쩡하다. 혹시 바보인 척하는 건가, 하는 생각이 들어서 "왜 모자를 신고 다니니?"라고 하면 멀뚱한 눈으로 바라본다. 마치 내가 이상한 사람이라도 되는 듯이…….

어쨌든 나와 상관없는 바보 이야기는 그만해야겠다. 내

몸 하나 건사하기도 힘든 판에 남까지 신경 쓸 여유가 없다. 앞에서도 말했다시피 이곳은 꽤 높은 곳에 위치한, 작은 옛날 동네다.

그런 데에서 살면 집에서 컴퓨터 게임을 하거나 열심히 공부하는 쪽이 그나마 인생에 도움이 될 텐데 하필 나는 그림 그리기를 좋아한다. 그림 수업을 받아 본 적은 없다. 학원을 다니자니 몸이 따라 주지 않고, 골목골목으로 이루어진 작은 동네에서 조그만 구멍가게 ─ 그래도 간판에는 슈퍼마켓이라고 쓰여 있다 ─ 를 운영하는 부모님의 경제력으로는 미술 과외 선생님을 붙여 줄 수도 없다.

이 동네에도 장점은 있었다. 땀을 뻘뻘 흘리면서 계단을 거의 기다시피 올라가면 커다란 은행나무가 한 그루 있고 동네 전부가 내려다보인다. 난 그 경치와 정취가 좋다. 아랫동네 아파트촌에 사는 사람들을 한눈에 내려다볼 수 있어 마음이 시원해진다. 은행이 떨어질 때의 그 꼬리꼬리한 냄새도 어느덧 익숙해졌다.

아쉬운 것은 이곳까지 물감과 이젤을 지고 올라올 힘이 내게 없다는 것이다. 가방에 들어갈 작은 스케치북과 4B 연필, 그리고 지우개를 챙겨 오는 것이 내가 할 수 있는 준비의 전부다.

간혹 동네 사람을 만나면 도와주는 경우도 있지만, 그분

들의 이마에 땀이 맺히는 걸 보면 미안한 마음이 들어, 도움받기를 꺼리게 된다.

그래서 사람을 피하고 말도 안 한 탓에 나는 착하고 순진한 아이라고 소문이 났다. 속에서는 불평불만이 쌓이고 있는 것도 모르고.

오늘도 같은 과정을 거쳐 언덕을 올라왔다. 다행히 바람이 시원하게 불었다. 이번엔 무엇을 그릴까? 은행나무는 열 번을 넘게 그렸고 동네 풍경도 마찬가지다. 우리 동네는 거의 변하는 것이 없다. 항상 그대로의 모습이다. 아랫동네만 계속 건물이 높아지고 있다. 어릴 때의 기억으로는 아랫동네도 우리 동네처럼 조그만 집들이 다닥다닥 붙어 있었다. 그런데 무슨 구역으로 지정되더니 커다란 아파트가 들어섰고, 원래 아랫동네에 살던 사람들은 거의 다 떠나서 외지 사람만 모여 사는 곳이 됐다.

아랫동네의 아파트는 한 번도 그리지 않았다. 그리기 쉽지만 그리고 싶지 않았다. 똑같이 생긴 건물에 비슷한 색만 바라보고 있으면 다른 것도 그리기 싫어지기 때문이다.

"휴."

나도 모르게 한숨이 나왔다. 이제 겨우 열여섯 살. 아직도 살아가야 할 시간이 넘치고 넘쳤는데 내 세계는 이곳이 전부다.

"휴."

옆에도 한숨 소리가 들렸다. 한 아저씨가 이젤을 펼쳐 놓고 앉아서 연필로 구도를 재고 있었다. 머리는 희끗희끗하고 몸은 마른 편이었다. 잘 다듬어지지 않은 수염도 역시 희끗희끗했다. 눈 주위로 주름살이 깊게 파인 것이 웃으면 좋은 인상을 줄 것 같았지만 눈매는 약간 매서워 보였다. 어쨌든 동네에서 처음 보는 사람이었다. 아저씨라고 해야 할지 할아버지라고 해야 할지 어중간했다.

이곳은 내가 그림 그리러 나오는 것과 비슷한 이유로 간혹 사진을 찍으러 젊은 사람들이 찾아오기도 한다. 동네 사람들은 대포 같은 커다란 사진기를 들고 무턱대고 찾아오는 사람들을 못마땅해했다. 가난한 동네를 찾아오는 부잣집 아이들의 허세처럼 보여서 그런 거라고 아빠는 말했다.

그런데 그림을 그리러 오는 사람은 처음 보았다. 경치야 좋지만, 그것은 순전히 여기서 태어나서 다른 곳 구경은 쉽게 하지 못하는 내 입장일 뿐이고, 볼 것 많고 구경할 것 많은 사람들에게 이곳 풍경은 그리 새삼스러울 것도 없었다. 그러니 이젤과 캔버스를 들고 올라올 수고를 할 필요가 없는 곳이다.

연필을 들고 한참 구도를 잡던 아저씨가 나를 바라보았다. 나는 겁이 나서 얼굴을 돌렸다. 나는 그런 일을 당한 적은 없지만 뉴스를 보면 장애인에게 몹쓸 짓을 하는 사람도 있다고 했다.

갑자기 자리를 뜨면 저 할저씨의 주위를 끌 것 같아 일단 조용히 앉아 있었다. 어차피 여기서 할 수 있는 일이라곤 소리를 지르는 것밖에 없었고 소리를 지른다고 들어 줄 사람도 없었다.

"학생, 내 그림 좀 봐 주겠나?"

아저씨가 나를 불렀다. 그러나 나는 아직도 무서운 마음에 얼버무리며 물었다.

"저 말인가요?"

"그래, 거기 있는 학생, 자네 말이네. 여기서 자주 그림을 그리던데 내 그림 한번 봐 주면 안 되겠나?"

아저씨는 나를 본 적이 있는 모양이었다. 아무리 그래도 무턱대고 그림을 봐 달라고 하다니 조금 황당했다. 마땅히 피할 곳도 없으니 그냥 잘 그렸다고 이야기해 줘야지.

"예, 그래요. 한번 봐 드릴게요."

"아, 그래. 거기 가만히 있거라. 내가 들고 가서 보여 줄 테니. 다리도 편하지 않은 것 같은데 오라 가라 할 수는 없다."

아저씨는 이젤을 들고 왔다. 유화 캔버스가 이젤 위에 올라가 있었다. 아직 색을 칠하기 전 단계인 듯한데 뭣하러 이젤까지 들고 왔는지 이해가 되지 않았다. 아저씨는 굉장히 비싼 작품이라도 다루듯이 조심스럽게 캔버스를 돌려 그림을 보여 주었다.

"이, 이건……. 자, 잘……. "

엉망진창이었다. 어떻게 이렇게 아무것도 알아볼 수 없게 스케치했는지 이해가 되지 않았다. 잘 그렸다고 말하려던 조금 전의 계획을 전혀 실행할 수 없었다. 오히려 질문이 튀어나왔다.

"그런데 뭘 그린 거예요?"

"딱 보면 모르겠나? 보고도 모르다니 넌 그림 소질이 좀 부족한 모양이구나."

어이가 없었다. 피카소처럼 한 그림 안에서 여러 방면의 사물을 보여 주는 방식으로 그린 것도 아니고, 잭슨 폴락처럼 대상을 무시하고 물감을 뿌리듯이 그린 것도 아니었다. 분명히 뭔가를 보고 그린 것 같은데 도저히 알아볼 수 없었다. 그림을 전혀 모르고 손재주마저 없는 그림, 원숭이 낙서 수준의 그림이었다. 하지만 그 말을 그대로 전달할 수는 없는 노릇이었다.

"제가 아직 그림에 대해서 잘 몰라서요. 이게 뭔가요?"

"자기 얼굴도 몰라본단 말인가?"

이게 나라고? 자세히 보니 사람을 그린 것 같기는 했다.

뛰어나게 예쁜 얼굴은 아니지만 못생겼다고 생각하지는 않고 살았는데. 내가 정말 저렇게 생겼다면 난 정말 큰 착각을 하고 살아온 것이다..

"내가 이렇게 생겼다고요? 아저씨 눈에는 제가 이렇게 보여요?"

"아저씨라고 하지 말고 박사님이라고 불러라."

"무슨 박사인데요?"

"그냥 박사다. 그렇게만 알아 둬라."

"어쨌든 제가 박사님 눈에는 이렇게 보여요?"

"이상하군. 내가 알고 있는 아이가 이 그림을 보고 잘 그렸다고 하던데 말이야. 자네랑 똑같다고."

"누가 그래요? 나를 알고 있는 사람이 또 있어요?"

"있지. 아주 멋진 녀석이 자네를 아주 좋아하고 있네."

누가 나를 좋아하지? 그럴 리가 없는데. 다리에 장애가 있는 데다가 옷도 항상 후줄근하게 입고 다니는데.

그런데 이상한 건 나도 모르게 '박사님'에게 큰소리를 치고 있다는 사실이다. 평소에는 사람을 만나면 피하기 바빴는데 박사님과 그림을 앞이 두고 이렇게 실랑이를 벌이고 있다는 사실이 새삼 놀라웠다.

"그럴 리가 없잖아요. 나를 누가 좋아한다고……."

"그 아이에게는 너를 좋아한다는 게 당연한 일이다. 사람이 사람을 좋아할 때는 외형만 보는 게 아니다. 알게 모르게 그 사람의 마음을 뚫어 보는 것이 사람이야."

"그래서 박사님은 제 마음을 뚫어 봐서 이렇게 그림을 그리신 거예요?"

"너 정말 그림을 볼 줄 모르는구나. 이게 얼마나 잘 그린 그림인데……."

말이 통하지 않는 아저씨였다. 처음에는 농담인 줄 알았는데 정말로 잘 그렸다고 생각하는 듯 진지하고 자부심마저 느껴지는 표정을 짓고 있었다.

"그런데 언제부터 절 그리신 거예요? 제가 올라오기 전부터 그림을 그리고 계시던데요."

"오래됐지. 몇 주 전에 네가 그림을 그리러 이곳에 낑낑대며 올라오는 모습을 보고 그리기 시작했으니까."

"전 처음 뵙는데요?"

"넌 네 앞만 바라보더구나. 낑낑대며 올라와서는 누가 쳐다보든 말든 아래만 바라보고 그림을 그리던데? 오해는 하지 마라. 딴생각을 가지고 그린 것은 아니고, 그냥 네가 특이해 보여서 그리기 시작한 거니까."

하기는 그랬다. 나를 보는 시선을 일부러 피했다. 그래서 내가 보고 싶은 곳만 보았다. 사람들이 나를 측은하게 바라보는 것이 싫었다. 사람들이 예의상 미소를 띠어도 놀리는 것처럼 느껴졌다. 그래서 사람들의 눈을 의식적으로 피했다. 그건 그렇고.

"그런데 특이하다고요?"

"특이한 것도 아름다울 수 있다. 수석을 모으는 사람들을 봐라. 똑같이 생긴 돌을 모으지 않는다. 특이한 것을 모으고 그 안에서 아름다움을 발견하지."

"결국은 제가 특이하다는 말이네요?"

"뭐 그렇다고 할 수 있지."

좋은 말이라고 생각하기로 했다. 따져 봐야 내 입만 아프니까.

"어쨌든, 전 내려가 볼게요. 아저씨 때문에 그림 그리기는 다 틀렸으니까 말이에요."

가방을 챙겨서 내려가는데 아저씨가 말했다.

"박사님이라니까."

참 그랬지.

"예, 알겠습니다. 박사님."

"내가 데려다 주마. 매정한 노인네라는 소리는 듣고 싶지 않다."

평소 같으면 이런 친절은 거절했겠지만 매정한 노인네가 되고 싶지 않다고 우기는 통에 허락하고 말았다. 잘 웃지도 않는 이상한 사람이지만 악의가 느껴지지는 않았다.

처음에는 부축으로 시작했다.

"도대체 여기에 어떻게 올라온 거냐? 이렇게 경사가 가파른데."

박사님의 얼굴은 땀으로 범벅이 됐다. 얼굴도 잔뜩 찡그리고 있었다.

"그렇게 힘들면 그냥 두고 가세요. 불편한 데가 있으면 나름 방법을 찾게 되니까요. 다른 데가 조금 더 힘들고 자세가 이상해지기는 하지만요."

"마음 같아서는 두고 가고 싶다만 시작한 일이니 끝을 봐야지. 차라리 업혀라. 그게 편하겠다."

"예?"

"업히라고. 내가 힘들어서 그런다."

나는 머뭇머뭇했다. 처음 보는 사람 — 아저씨는 나를 몇 번 봤다고 했지만 — 등에 업힌다는 것이 과연 잘하는 짓인가 싶었다. 아빠나 엄마가 알면 절대 업히지 말라고 했을 것이다.

아저씨는 업히라는 둥, 앞에 허리를 굽히고 서 있었다. 내가 업히기 전에는 절대 자세를 바꾸지 않을 것이라는 무언의 압력이었다.

"그럼 잠깐 업어 보고, 무거우면 바로 내리시는 거예요."

"알았다."

나는 시험 삼아 어깨를 붙잡고 몸무게를 실었다.

"무겁지 않아요?"

"아니, 가볍다. 정말 가벼워."

하지만 아저씨의 목소리는 떨리고 있었다. 그리고 한 걸음 옮길 때마다 작은 한숨 소리가 새나왔다. 비탈진 계단을 내려와 골목길로 접어들어서야 나를 내려 주었다.

"고맙습니다."

"그래, 고마워해야지. 지금 와서 말이지만 얼마나 힘들었는지 아니? 마지막 계단에서는 쓰러지는 줄 알았어. 그래도 뭐 공짜는 아니니까."

"예?"

"그럼 이렇게 힘든 노동이 공짜인 줄 알았어?"

순간 당황했다. 장애인을 업어 주고 대가를 바라는 사람이 있다니. 아니 그것도 내가 업어 달라고 한 것도 아니고, 업히라고 먼저 한 거였는데? 세상 믿을 사람 하나도 없다.

"돈 같은 걸 달라는 게 아니니까, 그런 이상한 표정 짓지마라. 당분간 내 모델이 좀 돼 달라는 거다. 내 작품을 완성하려면 아무래도 실물을 보고 그리는 편이 좋을 것 같으니까. 대신 난 네 발이 되어 줄 수 있다. 나랑 같이 다니면서 넌 그림을 그리고 난 작품을 완성하면 둘 다 좋은 것 아니냐?"

계속 진지하게 말하니 도통 농담인지 아닌지 알 수가 없다. 믿어도 좋을지 모르겠지만 나도 한번 모험을 해 보기로 했다.

"그러면 아저씨가 내일 열 시까지 여기로 오세요. 같이 '다녀 줄' 테니까."

"박사라니까."

"예, 박사님."

"넌 학교는 안 다니냐?"

"방학이잖아요, 박사님. 그런데 도대체 무슨 박사인 거예요?"

"비밀이다. 그리고 넌 이름이 뭐냐? 내 작품명에 네 이름을 넣어 주마."

"제 이름은 이일영이고요. 작품명에 제 이름을 넣는 것은 사양하겠습니다."

그 이상한 그림에 내 이름이 들어가다니 끔찍하다.

"알았다. 내일 보자."

박사님이 다시 계단으로 향했다.

"박사님, 어디 가세요?"

박사님을 소리쳐 불러 보았다. 이렇게 큰 소리로 누군가를 부른 것은 정말 오랜만이었다.

"다시 올라가서 내 이젤이랑 작품을 가지고 와야 할 것 아니냐? 특히 누가 내 작품을 훔쳐 가기라도 했으면 큰일이다."

박사님은 정말로 걱정되는지 계단을 뛰어 올라갔다. 이젤은 누가 훔쳐 가더라도 그 '작품'에는 손도 대지 않을 것이 분명했다.

오래간만에 늦잠을 잤다. 작은 언덕이지만 내 몸은 그곳을 다녀온 것도 굉장한 노동이라고 여기는 듯했다. 어제를 생각하니 참 이상했다. 자기를 박사라고 불러 달라는 이상한 아저씨와의 만남이 그랬다. 낯선 사람과 말해 본 적도 별로 없었는데 심지어 업히기까지 했다.

아직 부모님에게는 말하지 않았다. 낯선 사람과 약속했다고 하면 펄쩍 뛸 것이 분명했다. 아빠는 물건을 받으러 아침 일찍 나갔을 것이고 엄마는 가게를 보고 있을 것이다.

식탁에 몇 가지 반찬이 비닐 랩에 싸인 채 올려져 있었다. 아마도 엄마는 나를 비닐 랩에 싸 두고 싶을 것이다. 벌레가 앉지 않도록, 먼지가 묻지 않도록, 세상에 상처받지 않도록.

간단하게 아침을 먹고 서둘러 준비했다. 오늘은 같이 다닐 사람이 있으니 물감을 가지고 가도 될 것이다. 물감통과 스케치북을 챙기고 나니 8시 반이 되었다. 9시가 약속 시간이지만 조금 일찍 나가 보기로 했다.

"왜 이렇게 늦게 나오는 거냐? 한참을 기다렸는데."

박사님은 이미 집 앞에서 기다리고 있었다.

"약속 시간까지는 아직 삼십 분이나 남았는데요?"

"그게 무슨 상관이냐? 내가 기다린 지 삼십 분이 넘었으니 한참 기다린 것은 맞다. 짐은 그게 다냐? 이젤은?"

"전 이젤 잘 안 쓰는데요. 가지고 다니기 불편해요."

"이젤이 없으면 폼이 안 나는데. 아무튼 넌 어디를 가고 싶으냐?"

"음, 나무와 풀이 많은 곳이요. 사람은 별로 없는 곳."

"왜 사람이 있는 곳을 싫어하는 것이냐? 가장 재미있는 것이 사람인데."

"글쎄요, 사람이 많으면 불편해요. 사람들도 날 불편하게 여기고요."

지하철이라도 타면 사람들이 불편하게 여기는 기색이 역력했다. 언젠가 대학생으로 보이는 남자가 쭈뼛거리면서 자리를 비켜 주었을 때, 그 남자의 얼굴은 빨갛게 달아올라 있었다. 그 자리에 앉는 나도 불편했다. 힘들어도 그냥 서서 가면 좋았을 것을, 하고 생각했었다.

혼자 생각에 빠져 있는데, 바보가 뛰어왔다. 오늘은 머리에 곰 인형 같은 것을 쓰고 있었다. 달리다가 곰 인형이 머리에서 떨어지면 다시 머리에 올리고 달렸다. 당연히 몇 걸음 못 가서 인형이 떨어졌다. 자신도 인형이 떨어지는 것이 짜증 났는지 인상을 쓰면서 인형을 다시 집어 들었다.

바보와 눈이 마주쳤다. 얼굴은 내가 말하긴 그렇지만 정상이었다. 그리고 예상과는 달리 매우 깨끗했다. 바보 같은 웃음을 짓지도 않았다. 다만 머리에 곰 인형을 덮어쓰는 행동만이 그가 바보라는 것을 증명했다.

바보는 옆에 서 있는 박사님한테 눈길을 보냈다. 그리고 꾸벅 인사를 했다.

박사님도 근엄한 표정으로 인사를 받았다. 당연하게도 바보의 인형은 다시 굴러 떨어졌다.

"모자가 자꾸 떨어지는 모양이구나."

"예, 이상하게 몇 걸음 안 가서 자꾸 떨어지네요."

바보와 박사님이 말을 주고받았다. 박사님은 바보하고도 말이 통하는 모양이었다.

"어디 보자. 끈으로 묶으면 안 떨어질 것 같은데, 내가 묶어 줄까?"

"인형을 끈으로 묶고 다니면 바보처럼 보이지 않을까요?"

이미 인형을 쓰고 다니는 것 자체가 바보처럼 보이는데, 이상한 걱정을 한다.

"그래도 자꾸 머리에서 떨어지는 것보다는 나을 거다. 운동하는 데 불편한 것보다는 보기에 좀 안 좋은 편이 낫지 않을까?"

"그럴까요?"

박사님은 주머니에서 신발 끈 같은 것을 하나 꺼냈다. 어떻게 저런 것이 주머니에 들어 있는지는 알 수 없지만 아주 자연스러운 동작이었다. 박사님은 바보의 머리에 인형을 매 주었다. 바보는 인형을 만지더니 박사님에게 다시 꾸벅 인사를 했다. 그러곤 나를 보고 살짝 고개를 숙이더니 달리던 방향으로 뛰어갔다. 혹시 박사님이 저 아이를 저 상태로 만든 것은 아닐까 하는 생각마저 들었다.

"바보하고도 말이 잘 통하시네요. 사람과 말을 잘하는 재주가 있으신가 봐요."

"바보라니? 저 아이 말이냐?"

"예. 항상 저렇게 어수룩한 짓을 하던데요. 바보처럼 말이에요."

"글쎄, 저 아이를 바보라고 부를 수 있을지 모르겠다. 어쨌든 가자. 나무와 풀을 보러 가야지."

"차는요?"

"차? 난 운전면허증도 없다."

"그러면서 어디나 데려다 준다고 한 거예요? 차도 없으면서?"

"그렇게 조건만 밝히면 못 쓴다."

"뭐가 조건만 밝히는 거예요? 차가 없으면 불편하잖아요. 다리도 이런데……."

평소에는 다리 이야기 하는 것을 꺼리는데, 이 아저씨, 아니 박사님에게는 쉽게도 아쉬운 소리가 나왔다.

"자, 일단 내가 이젤을 안 가지고 왔으니 네 짐을 들어 주도록 하겠다. 유화는 힘들어서 스케치북에 수채화를 그리기로 했다. 유화로 하는 것이 더 오래 남고 폼나긴 하겠지만 말이다. 너무 아쉬워하지 마라."

사실 아쉬울 것은 하나도 없다. 내가 그려 달라고 한 것도 아니다.

"자, 일단 조금씩 걸어서 내려가자. 내가 봐 둔 곳이 있다."

목발에 의지해서 조금씩 걸음을 옮겼다. 누가 보면 박사님을 아빠라고 생각할 만한 풍경이었다. 온갖 짐을 다 지고서 부축해 주는 모습이 딱 그렇다. 다만 진짜 아빠라면 저렇게 오만상을 다 쓰고 힘들다는 티를 팍팍 내지는 않을 것이다.

"넌 나한테 고마워해야 한다. 이렇게 힘든 일을 해 주는 사람이 세상에 어디 있겠느냐?"

"고마워요. 고맙게 생각하고 있는데 고맙다는 말을 강요 받으니까 그렇게 고맙지는 않네요."

웃지도 않는 사람이 삐쳤다는 표정은 확실히 드러나게 지었다. 교통 카드로 버스비를 내 주면서도 온갖 생색은 다 냈다. 자기 카드로 두 명분을 한꺼번에 냈다는 둥.

박사님은 버스에 타자마자 그중 체격이 가장 좋아 보이는 남자에게 다가가서 자리를 양보받았다.

"혹시 신체적인 무리가 없다면 다리가 불편한 소녀에게 자리를 양보해 주시는 것이 어떨는지요? 자리를 양보하려고 마음을 먹고 있던 분에게 자발없이 굴어서 실례를 한 것은 아닌지 모르겠군요."

마치 사극을 찍는 톤으로 담담히 말하는 박사님의 모습은 웃겼다. 내가 웃자 남자도 미소를 지으면서 일어섰다. 나는 고맙다고 말하고 자리에 앉았다. 그러자 박사님이 말했다.

"보기 좋구나. 그렇게 사람을 바라보면서 미소를 지으면 네 다리 같은 것은 아무도 신경 쓰지 않는다. 네가 고개를 숙이고 부끄러워하기 때문에 다른 사람도 어려워하는 거야."

뭐라고 대답해야 할지 모르고 있는데 갑자기 버스가 급 정거했다. 옆에서 뻣뻣하게 자세를 잡고 있던 박사님은 운전석 앞까지 달려 나갔다. 운전사가 갑자기 아이가 튀어나와서 그랬다며 승객에게 사과하자, 박사님은 자리로 돌아와서는 근엄한 표정을 지었다.

"내가 그동안 몸을 갈고닦는 일에 게으름을 피우지 않은 덕분에 넘어지지 않은 것이다."

어쩌면 이렇게 자신을 자랑스럽게 생각하는지 모르겠다. 어제는 좀 독특한 도인 같다고 생각했는데 오늘 보니 그저 방정맞은 할저씨였다.

버스를 타고 도착한 곳은 용산가족공원이었다. 정말 인적이 드문 대자연을 기대했는데 이곳은 산책 나온 가족들도 있었고, 이유 없이 뛰어다니는 할아버지도 있었다. 그래도 나무와 풀이 싱그러운 느낌을 주어서 나름 운치는 있었다.

"여기예요? 전 폭포가 흐르는, 신선들이 살고 있는 듯한 그런 곳을 기대했는데요."

"여기도 나무가 있고 풀도 많다. 저쪽에는 예쁜 꽃도 피어 있고 말이다. 어린이 놀이터도 있고, 나는 이해할 수 없는 조형물도 있기는 하다만 그나마 서울에서 이 정도 볼 수 있는 것이 어디냐? 오늘은 여기서 그림을 그려라. 나도 여기까지 오느라 피곤하다."

박사님은 진짜로 피곤한지 살짝 짜증 난 얼굴이었다. 부

탁은 자기가 해 놓고 마치 내가 졸라서 온 것처럼 생색은
다 내고 있다.

일단 양지바른 곳에 자리를 잡았다. 박사님은 어디서 구
했는지 나무로 된 등받이 의자를 들고 왔다. 경비실에서 빌
려 온 것 같았는데, 이번에는 생색내지 않고 의자를 주었다.

나는 의자에 걸터앉아 심호흡을 했다. 어떤 그림을 그릴
까? 무엇을 그려야 할까? 잠시 눈을 감았다. 그리고 천천히
눈을 떴다.

잎이 파란 커다란 나무가 보였다. 그 위로 여름 햇빛이
쨍쨍 비치면서 바닥에는 나뭇잎과 나뭇가지가 기하학적 그
림자를 만들고 있었다. 무슨 나무인지는 몰라도 참 아름답
다고 생각했다.

평소 같으면 밑그림을 먼저 그렸을 텐데, 연필 자국으로
빛에 흠을 내고 싶지 않았다. 파란색 물감을 팔레트에 덜어
놓았다. 초록색 물감도 덜어 놓았다. 두 물감을 섞었다. 하
나의 물감 덩어리 속에 여러 가지 색이 보였다. 조심스럽게
붓 끝에 물감을 묻혔다.

붓이 스쳐 지나갈 때마다 나뭇잎이 파랗게 빛을 내며 피
어났다. 오래간만에 느껴 보는 기분이었다. 내 손이 멋대로
움직였다. 내 눈은 관람자가 돼 탄성을 내뱉었다. 다른 색
물감은 하나도 사용하지 않았다. 오로지 초록색과 파란색

으로만 그림을 그렸다. 나무의 몸체도 파란색과 초록색 그리고 물을 섞어서 만든 농담만으로 표현했다. 땅 위에 드리워진 그림자도 회색이 아닌 파란색이었다. 나만의 세상이 완성되었다.

"나무를 그리는 것이 좋으냐?"

갑자기 박사님이 물어보았다. 언제부터인지 박사님도 스케치북을 펼쳐 들고 옆에 서 있었다. 어제 본 캔버스가 아니다. 새로운 스케치를 시작한 모양이었다.

"예쁘잖아요. 아무에게도 싫은 소리 하지 않고 싫은 짓도 하지 않고."

"네 그림 속에서 저 나무가 왜 아름답게 그려지고 있는지 아느냐?"

"그거야 나무가 아름다우니까 아름답게 그려지는 거죠."

"저 나무가 무슨 나무인지는 알고?"

"글쎄요, 별로 돌아다니지 않아서 나무는 잘 모르겠어요."

"저 나무는 벚나무다. 겨울이 끝나고 봄이 오면 하얀 꽃을 아름답게 피우는 나무지. 봄이 왔다는 소식을 사람들에게 알려 주고 정작 자신은 겨울이 아쉽다는 듯, 눈처럼 꽃잎을 내리며 사라지는 나무다."

"아, 그렇구나."

"그 하얀 꽃잎이 지면 사람들은 새로운 꽃을 찾아 떠나고, 파랗게 새 이파리가 돋아난 벗나무는 거들떠보지도 않지. 그런데 네가 저 나무에 생명을 준 거다. 네가 아름답다고 생각했기 때문에 저 나무도 너에게 아름다움을 뽐낸 것이지."

"아저씨, 도(道)나 선(仙) 같은 거 공부하는 사람이에요?"

"박사라고 부르라니까. 그리고 내 그림 좀 봐라."

박사님이 스케치북을 나에게 내밀었다. 역시 그곳에는 낙서와도 같은 그림이 그려져 있었다. 그래도 이전보다는 조금 나아졌다고나 할까? 사람이라는 것은 알아볼 수 있었다. 그림이야 못 그릴 수 있지만 문제는 박사님의 당당한 자세다. 누가 뭐라고 해도 잘 그렸다는 칭찬을 바라는 표정과 눈빛이다. 그러나 칭찬은 해 줄 수 없었다.

"전보다는 많이 나아졌네요. 그런데 도저히 그림으로 보이지가 않아요."

"네가 보는 눈이 없구나. 너하고 똑같지 않으냐? 지나가는 개한테 물어봐도 그렇다고 답할 거다."

나는 다시 그림을 들여다보았다. 연필로 스케치한 그림에 사람의 윤곽은 대충 잡혀 있었다. 그림을 그리고 있는 사람이라고 우기면 그렇게도 봐 줄 수 있는 구도였다. 하지만 얼굴에 점만 두 개 찍혀 있는 것이 단춧구멍 같았다.

"제 얼굴에 이렇게 구멍만 두 개 뚫려 있나요? 저도 눈코 입 다 있다고요."

"우리 그러면 내기를 한 번 하자. 저기 잔디밭에 앉아 있는 엄마와 아들 보이느냐? 저 사람들의 초상화를 그려 주고 더 마음에 드는 그림을 골라 보라고 하는 거다."

"그런 말도 안 되는 내기를 뭐하러 해요? 그리고 저 사람들에게 방해만 될 뿐이에요. 그냥 잘 그렸다고 할게요."

"아니, 그럴 수 없지. 내 '작품'이 무시당했는데 어찌 '예술가'로서 그냥 넘어갈 수 있겠느냐?"

이제 작품을 넘어 스스로 예술가라는 단어까지 사용했다. 어쩌면 이런 자신감을 가질 수 있는지 부럽기까지 했다. 나도 저런 자신감을 가지고 살 수 있을까?

잠시 상념에 젖어 있는 사이 박사님은 어느새 모자에게 다가가 손 동작을 하면서 뭔가 설명하고 있었다.

그중 엄마로 보이는 사람이 미소를 지으며 아들 손을 잡고 이쪽으로 다가왔다. 가슴이 답답했다.

"여기에 앉으면 되나요? 잘 부탁드릴게요."

아이 엄마는 아들을 안고 잔디밭에 자리를 잡았다. 아들은 뭐가 신기한지 계속 두리번거리고 있었다. 일이 이렇게 된 거 그릴 수밖에 없다. 짧은 시간에 그려야 하기 때문에 연필로만 그리기로 했다. 뭉뚝하게 깎은 4B 연필로 스케치를 시작했다. 아이 엄마의 동글동글한 코와 약간 튀어나온 광대뼈, 그리고 얇은 입술을 스케치했다.

"아들이 사랑스럽게 생겼습니다. 주변 사람들이 예쁘다고 말하지 않습니까?"

"아니요. 지금은 이렇게 얌전해도 완전히 개구쟁이예요. 한번 성질을 내면 아무도 못 말린다니까요."

"그래도 건강한 것이 가장 예쁜 겁니다. 특히 어머니 입장에서 더욱 그렇겠죠."

"그렇게 봐 주시니 고맙습니다. 선생님 덕분에 오늘 모델도 하고 좋은 경험을 하네요."

"예, 좋은 경험일 겁니다. 그리고 전 선생님이 아니라 박사입니다. 제 작품을 가지고 가시면 다들 좋아할 겁니다."

처음 보는 사람에게 저렇게 뻔뻔하게 말하다니. 그림을 보고 실망할 저 모자에게 무슨 말을 해 줘야 한단 말인가? 내 얼굴이 빨개졌다.

아이 엄마가 나를 바라보았다. 그때까지 박사님과 웃으며 이야기를 주고받다가 나와는 처음 눈이 마주쳤다. 아이 엄마의 시선이 흔들리는 것이 느껴졌다. 내 얼굴을, 그러곤 내 다리를 보았다. 미소는 변함이 없었지만 살아 있는 미소가 아니었다.

난 내색하지 않기로 했다. 나에게 이런 시선을 보낸 사람이 한둘도 아니었고, 그럴 때마다 반응해야 한다면 정말 피곤한 인생이 될 것이다. 나는 묵묵히 모자를 그렸다. 아이가 가만히 있지 않아서 얼굴을 그리기가 좀 힘들었다.

20분쯤 지나 그림을 완성했다. 박사님도 그림을 완성했다는 신호를 보냈다. 그러고는 나에게 다가와 아이 엄마에게 들리지 않도록 목소리를 낮춰서 말했다.

"자, 그림을 내게 다오. 내가 동시에 보여 줘야겠다. 누가 그렸는지 미숙 씨가 알게 되면 네 편을 들어 줄지도 모르니까 말이다."

"미숙 씨요? 아는 분이세요?"

"아니, 오늘 처음 만났다. 이야기를 하다 보니 아기 엄마라고 부르는 것보다 이름을 부르는 쪽이 좋을 것 같아서 물어봤다. 발음하기 안 좋은 네 이름보다는 낫구나."

다른 사람에게도 이렇게 듣는 사람 기분은 생각하지 않고 말할까? 이름에 대해서 말할 때는 순간 기분이 나빴지만, 지금은 그냥 넘어가기로 했다.

"그건 그렇고 저 아줌마가 내 편을 들어 줄지도 모른다는 것은 무슨 소리예요?"

"딱 봐도 그렇지 않니? 나처럼 늙수그레한 사람이 그린 그림보다 작고 야윈 소녀가 그려 준 그림을 고를 것이 뻔하지 않느냐? 그림의 완성도와는 상관없이 말이다."

그러니까 다른 변수가 작용하지 않는다면 박사님이 이길 것이 뻔하다는 말이었다. 어이가 없었지만 '공정한' 심사를 위해 그 정도는 양보하기로 했다.

박사님은 아이 엄마에게 그림을 가지고 갔다. 두 그림을 모두 줄 테니 더 마음에 드는 것을 고르라고 했다. 아이 엄마는 두 그림을 유심히 살폈다. 그러고는 내 눈치와 박사님 눈치를 보았다. 누가 그린 그림일까 고민하는 모습이었다.

난 오히려 나에게 불공정하다고 생각했다. 누가 봐도 내가 더 잘 그렸지만 박사님이 그림을 들고 있으니 눈치가 보여서 박사님의 그림을 고를지도 모를 일이었다.

아이 엄마는 조심스럽게 그림 한 장을 골랐다. 이럴 수가. 아무리 그래도 그렇지 박사님의 그림을 고르다니. 난 인정할 수 없었다.

나는 다시 두 장의 그림을 살펴보았다. 내 그림이 훨씬 섬세하게 머리카락 하나까지 살아 있었다. 박사님의 그림은 투박하기 그지없었다. 아이 얼굴도 예쁘기는커녕 원숭이보다 조금 나을 정도이고 아이 엄마는 콧구멍도 크게 그렸다. 이것은 순전히 박사님이 저 아주머니와 떨었던 수다가 결과에 영향을 미친 것이다.

박사님이 나를 보고 웃었다. 분명 웃고 있었다. 지금까지 웃음을 보인 적이 없는 박사님이 웃는다는 것은 분명 비웃음이다. 난 아주머니에게 물었다.

"왜 저 그림을 고르신 거죠?"

"글쎄요. 왜냐고 물어 보니 딱히 이유를 댈 수는 없지만, 이 그림에 그려진 모습이 진짜 나 같았어요. 예쁘지는 않지만 나잖아요. 그리고 우리 아이도 개구지게 그려진 것이 귀엽고요. 진짜로 우리 아이는 이런 표정을 잘 짓거든요. 이 그림에서는 나와 우리 아기가 서로를 정말 사랑하는 느낌이에요. 그림과는 상관없이 서로 장난치며 놀고 있는 것 같아요. 저쪽 그림은 예쁘게 그려져서 다른 사람에게 자랑하고 싶기는 한데, 나 같지는 않았어요. 다른 사람을 그려도 비슷할 것 같아요. 제가 그림을 볼 줄 몰라서 이렇게밖에 설명할 수 없네요. 학생, 그리고 박사님, 고마워요. 좋은 추억이 될 것 같네요."

아이 엄마는 그림을 쥐고 총총히 사라졌다. 나는 그래도 인정할 수 없었다.

한 가지 이상한 점은 박사님이 나를 그린 그림은 알아볼 수 없을 정도였는데, 아이와 엄마는 그래도 알아볼 수 있을 정도로 그려 줬다는 것이다. 갑자기 그림 실력이 좋아진 건가?

"뭔가 사기를 친 거죠? 저 아주머니와 아는 사이죠? 어떻게 그 그림을 좋아할 수가 있어요?"

박사님은 잠시 아무 말이 없었다. 언제나 근엄한 표정이었지만 지금은 분위기가 달랐다. 그 사이 바람이 불었다. 사사삭 하며 나뭇잎이 흔들리는 소리가 난다. 나에게도 바람이 부딪혔고, 나도 모르게 흥분해 버린 마음에도 바람이 불었다.

"내가 잠깐 유식한 말을 해도 될까?"

괜히 흥분했다고 생각한 나는 잠긴 목소리로 대꾸했다.

"그러세요."

"예전 중국 청나라 때, 난과 대나무를 잘 그리는 '정섭'이라는 화가가 있었다. 그는 '안중지죽하니 흉중지죽하고 수중지죽한다'고 말했지. 즉, 대나무가 눈으로 들어와 가슴에서 느껴지고 나서야 손으로 그린다는 뜻이다. 그림을 그릴 때는 눈으로 보지만 가슴을 거쳐서 손으로 가야 한다는 말이지. 그리고 또 이런 유명한 말도 있지. '알면 사랑하게 되고 사랑하면 보게 된다.' 네가 무엇에 관심을 가지느냐에 따라서 볼 수 있는 것도, 그릴 수 있는 것도 달라진다는 말이다."

"그 말을 왜 하시는 거죠?"

"그 말에 미숙 씨가 내 그림을 선택한 이유가 들어 있으니까."

알 것 같으면서도 모르겠다. 박사님은 주섬주섬 주변을 정리했다.

"오늘은 내가 지쳤으니 이만하고 들어가자. 너도 충분히 그림을 그린 것 같고 말이야."

"그러죠."

아직 점심때도 되지 않았지만 사실 피곤했다. 그림을 그리는 것은 괜찮지만 사람을 앞에 두고 이야기하는 것이 피곤했고, 다른 사람을 그려 준 것도 피곤했다.

"내일은 물감 같은 것은 두고 나와라. 스케치북과 연필이면 충분할 것 같다."

"왜요? 탄광 같은 데 갈 건가요? 검은색으로만 표현하면 되는?"

"아니, 오늘 나무를 봤으니 내일은 물을 보러 갈 거다. 물감통도 무거워서 그런다. 생각보다 너도 무겁고."

사람은 고운 정과 미운 정이 동시에 든다고 하는데 박사님은 고운 정 10퍼센트에 미운 정 90퍼센트의 비율로 정이 들고 있었다. 그래도 내 물건을 들어 주는 거니까 이해하는 수밖에 없었다.

버스를 타고 집에 돌아왔다. 대중교통을 이용해서 그렇게 멀리 나가 본 것도 정말 오래간만이었다. 집에 들어와서는 그냥 쓰러져 버렸다. 아직 아빠하고 엄마는 가게에 있는 모양이다. 조그만 구멍가게가 뭐가 그리 바쁜지 늦은 밤이 되어서야 들어오곤 했다. 딸도 좀 챙길 것이지.

몸이 피곤하니 갑자기 부모님이 원망스러웠다. 어릴 때 잘 좀 챙겨 주지. 소아마비는 예방 접종도 있다는데, 그것 하나 못 맞혀서 하나밖에 없는 딸을 이렇게 만드나? 가파른 계단을 오를 때는 짐승처럼 네 발을 다 이용해야 하는 몸을 만드나? 그렇게 바쁘면 잘살기나 할 것이지, 이런 달동네 에 살아서 휠체어도 못 타고 다니게 만드나?

나도 모르게 눈물이 흘렀다. 아무도 없는 김에 소리 내 울어 보았다. 울면 울수록 더욱 눈물이 흘러나왔다. 내 겨 드랑이가 불쌍했다. 목발을 짚고 다니느라 굳은살이 박힌 겨드랑이. 그 생각을 하니 또 눈물이 났다.

눈물을 흘리다가 까무룩 잠이 든 모양이다. 방 밖에서 두 런두런 소리가 났다. 아빠 목소리다. 전화 통화를 하는 듯 했다. 이제 6시밖에 안 됐는데 평소보다 빨리 들어왔다.

"응, 그래. 그럼 나야 고맙지. 걱정하지 마. 안 들켜. 나 도 술 한 잔 하고 온다고 하면 되지 뭐."

무슨 말이지? 누구에게 들키지 않는다는 것일까?

"그래, 나도 답답하지만 사정이 그렇잖아. 마누라가 저렇 게 두 눈 시퍼렇게 뜨고 있는데 내가 어떻게 그래. 내가 새 벽에 물건 받을 게 있어서 오늘은 일찍 들어가 본다고 했 어."

무슨 일인데 엄마마저 속이려고 하는 걸까?

"그래, 나야 항상 고맙지. 그럼 어디서 볼까? 새롬호텔 1층? 그래 알았어. 깨끗하게 단장하고 나갈게."

잠시 후 문소리가 들렸다. 다시 집은 고요했다. 그러나 내 머릿속은 시끄러웠다. 뭐지? 안 그래도 기분이 이상한 데 아빠가 엄마 몰래 호텔에 간다고?

지금까지 아빠를 믿지 못한 적은 없었다. 항상 바쁜 아빠 였지만 언제나 사실대로 이야기해 주었다. 그런데 지금은 엄마마저 속이려는 것 같다. 뭐 이런 경우가 다 있지? 이렇 게 아픈 딸을 두고 바람을 피우다니. 아빠를 믿으려고 해도 자꾸 생각은 그쪽으로 흘렀다.

"어제는 나무를 봤으니 오늘은 물을 봐야지."

박사님이 선택한 곳은 한강이었다. 어제도 그랬기 때문 에 크게 기대하지 않았지만 용산가족공원에 이어 한강이라 니. 자연을 보여 주겠다고 큰소리치던 박사님은 어디로 갔 을까 싶었다. 아무래도 대충 생각하고, 대충 말을 꺼낸 것 은 아닌지 의심된다.

"박사님, 사실 다른 곳은 모르죠? 그냥 서울 근처에서 다 해결하려고 하는 거죠?"

"아, 아니다. 그냥 그게 좋을 것 같아서야."

농담으로 한 말인데 당황하는 것을 보니 진짜인가 보다. 도대체 어디까지 믿어야 할지 잘 모르겠다. 그래도 나에게 친절을 베풀어 주고 있으니 그 정도는 이해할 수밖에 없다.

버스를 타고 지하철로 갈아타고, 내려서 조금 걸어가니 한강이 나왔다. 그림을 그리기도 전에 지칠 것 같았다. 계단은 박사님 등에 업혀서 내려가고 올라왔는데도 이렇게 지치다니, 몸이 많이 약해진 것 같다.

한강은 묵묵히 반짝이고 있었다. 다른 누구의 도움을 받은 것이 아니라 스스로 빛을 내는 양 춤을 추고 있었다. 바로 그림을 그려야겠다는 생각이 들었다.

박사님과 벤치에 자리를 잡았다. 무릎에 스케치북을 올려놓았다. 물감은 가져오지 말라고 해서 그렇게 했다. 허리를 벤치 등받이에 받쳤다.

그렇게 그림을 그리고 있자면 그나마 내가 가진 행운에 감사할 수밖에 없다. 꼿꼿이 앉을 수 있다는 것이 얼마나 엄청난 행운인지를 나는 안다. 허리부터 장애를 가진 사람은 휠체어에 기대 앉을 수밖에 없다.

"강물이 반짝이는구나. 연필의 검은색으로 저 반짝이는 빛을 그린다는 것이 역설적이지? 그리지 않음으로써 그려야 하니 말이다."

"철학자 같으시네요."

"내가 박사라고 했잖으냐. 무슨 박사인지는 알려 주지 않겠다."

사실 그랬다. 반짝이는 물을 보자 물감을 가지고 오지 않은 것이 후회됐다. 검은색으로 빛을 그려야 한다는 것이 새삼 생경하게 느껴졌다. 지금까지 이런 식으로 스케치를 많이 했었는데 박사님의 말을 들으니 그 과정이 신기하게 느껴졌다.

연필을 들었다. 물의 빛을 그리고 싶었지만 쉽게 그려지지 않았다. 검은색. 검은색. 검은색……. 머릿속이 검은색으로 가득 물들었다. 눈은 빛을 보고 있는데 머릿속이 검으니 손이 움직이지 않았다.

박사님은 태연하게 옆에서 스케치를 하기 시작했다. 이번에도 나를 흘끔흘끔 보는 것이 내 초상화를 또 그리고 있나 보다. 이번에도 이상한 그림이겠지.

"그림이 쉽게 그려지지 않는 모양이구나."

"다 박사님 때문이에요. 검은색 연필이니 뭐니 그런 소리를 하니까 뭔가 꽉 막힌 기분이 들잖아요."

"예전 선비들은 붓 하나와 먹 하나로도 오만 가지 색을 다 종이에 부어 넣었다. 최북(崔北)의 산수화를 보고 색이 느껴지지 않았다면 그 사람은 화가가 아니다. 난 이미 너의 초상을 다 그렸다."

박사님의 그림을 보니 검은색으로 마구잡이 낙서가 돼 있었다. 그 낙서가 바로 내 얼굴이라는 소리였다.

"내 얼굴이 이런 낙서처럼 생겼어요?"

"아직도 내가 네 얼굴을 그린다고 생각하는 거냐? 내가 그리고 있는 것은 너의 마음이지 네 얼굴이 아니다."

심란했다. 낙서와 같은 내 마음을 들킨 것 같았다.

"안녕하세요."

그때 한 아저씨가 다가왔다. 박사님에게 인사를 하는 것 같았다. 야윈 얼굴에 키가 큰 아저씨는 회사원 같았다. 양복 상의는 어디에 벗어 놓고 왔는지 와이셔츠에 넥타이 차림이었다. 얼굴은 그리 밝아 보이지 않았다.

신경 쓰지 말아야겠다는 생각이 들었지만 신경이 쓰였다.

"어 그래, 무슨 일인가?"

"그건 제가 묻고 싶은 말인데요. 전 매일 이곳에 나오는데요. 생각도 좀 하고 산책도 하고……."

"그렇군. 이리 앉아서 모델이나 하게."

"모델이라뇨?"

"이 아가씨가 그림을 아주 잘 그린다고 하니, 오늘 하루쯤 모델이 되어 준다고 자네에게 손해날 것은 없지 않은가? 집에 가서 이야기해 줄 만한 재미있는 일이기도 하고 말일세."

기가 막혔다. 갑자기 우연히 만난, 누군지 알지도 못하는 사람을 다짜고짜 모델로 삼아 그림을 그리라니. 그 사람도 어정쩡하게 서서 이러지도 저러지도 못하고 있었다.

"아니, 전 강물만 그리면 돼요. 모델은 필요 없어요."

"아니다. 넌 오늘 아마 강물을 그리지 못할 거다. 이 사람을 그려라. 이름은 태형이라고 한다. 내가 아는 사람이다. 잘 그려 줘야 한다. 집도 잘사는 편 같으니까 그림값을 줄지도 모른다."

"내가 언제 돈 받고 그림 그리겠다고 했어요?"

태형이라는 아저씨는 아무 말도 못했다. 박사님의 눈치만 보고 있는 것이 분명했다. 나라도 아저씨에게 사실을 말해 줘야 할 것 같았다.

"저 돈 같은 거 안 받아요. 그러니 안심하세요."

"그러면 여기 그냥 앉아 있으면 되는 건가요?"

어느 사이엔지 아저씨는 모델을 해야 한다고 생각한 모양이다. 정말 어쩔 수 없는 박사님이다. 모든 것을 갑자기 끌어들인다. 사실 나도 박사님이 갑자기 끌어들인 인물이겠지, 동네에서 조용히 그림이나 그리던 내가 이곳까지 와 있는 것을 보면.

아저씨가 앞에 다소곳이 앉아 있으니 그림을 그리지 않을 수 없었다. 연필로 윤곽을 잡아 나갔다. 박사님도 그림을 그리려나, 생각했지만 옆에 가만히 앉아 있었다. 어제부터 박사님의 꼬임에 넘어가 이상하게 자꾸 사람을 그리게 된다. 난 자연이 좋은데.

"그렇게 멀뚱하게 그림만 그리지 말고 뭐라도 대화를 좀 하면서 그려라. 너무 재미가 없다."

"제가 지금 박사님 재밌으라고 이러고 있는 줄 아세요?"

태형이란 아저씨도 성격이 그렇게 밝지는 않은 듯했다. 얼굴만 조금 붉어졌을 뿐 아무 말도 하지 않았다.

"그렇게 모델을 사랑하지 않으면 네가 그리는 것이 나무든, 사과든 다 똑같아 보일 거다. 어제 미숙 씨가 왜 내 그림을 선택했는지 아직도 모르고 있구나."

"자꾸 옆에서 말 시키지 마요. 그림 그리는 데 방해되니까요."

쏘아붙이긴 했지만 박사님의 말이 옳다는 것은 알고 있었다. 나는 사람을 보지 않았다. 사람이란 너무 복잡하다. 그 사람이 뭘 생각하고 있는지 신경 쓰는 것도 싫었다. 내 몸 하나 건사하기도 힘든데 다른 사람에게 신경을 쓰는 것은 낭비다.

"그러면 나라도 이야기를 하지." 박사님은 아저씨를 바라보았다. "그래, 자네 자아는 찾았나?"

아저씨가 머뭇거렸다.

"괜찮네. 이 아이는 다른 사람이라는 존재는 별로 신경 쓰지 않는 것 같으니 나하고 둘이 대화하는 것과 마찬가지라고 생각해도 되네."

"글쎄요, 아직 자아라는 것이 뭔지 내가 누구인지 잘 모르겠어요."

묘하게 일그러진 얼굴로 아저씨가 대답했다. 난 그냥 그림에만 집중하기로 했다. 아저씨의 표정이 그림을 그리기 시작할 때와는 달라져서 그림을 그에 맞출까도 생각했지만 그냥 쭉 진행하기로 했다.

"그러면 내가 말했던 대로 한번 해 보는 것이 어떻겠나? 다른 사람이 바라보는 면이 자네의 실체일 수도 있네. 자네가 누군가의 영웅이 될지도 모를 일 아닌가? 다른 사람의 눈을 통해 자아를 발견하는 것이지."

"글쎄요, 나 자신이 누군지도 모르는데 남을 도울 수나 있을까요?"

무슨 소리인지도 모를 대화를 둘이서 하고 있었다.

"자아를 찾는다는 것은 자네 나이일 때는 아주 중요한 고민이지. 남들이 보면 아무 고민도 없는 환경이지만 그 안에서 고독이 피어난다는 것은 엄청난 고민이야. 그러니까 한번 해 보라는 것이네. 고독을 없애려면 열심히 뭔가를 해야하네."

둘의 대화를 들어 보니 이 태형이란 아저씨는 고민이 없는 것이 고민인 듯했다. 뭐 이런 머저리 같은 사람이 다 있어? 고민이 없는 것이 고민이라니. 그리고 자아 찾기? 배부른 소리 하고 앉아 있네.

난 내 몸도 고민이고, 가난도 고민이고, 아빠 일도 고민이고, 고민으로 머리가 터져 나갈 것만 같은데, 쓸데없이 한강이나 헤매고 다니는 이런 한심한 사람을 그리고 있어야 하다니.

나는 연필을 집어 던지고 박사님에게 말했다.

"더는 못 그리겠어요."

"지금까지 그린 그림이나 보자."

나는 그림을 보여 주었다. 삐뚤빼뚤 엉망이었다. 무엇이 그렇게 화가 났는지, 내가 보아도 대충 그렸다는 생각밖에 들지 않았다. 형편없는 사람이라고 생각했지만 모델이 되어 준 것 자체에 미안한 마음이 들어서 아저씨에게는 그림이 보이지 않도록 가렸다.

"지금까지 내가 본 네 그림 중에서는 제일 낫다."

"아무래도 박사님 눈은 이상한 것 같아요. 지금까지 제가 그린 그림 중에서 가장 못 그린 것 같은데요."

"물론 그림 자체는 못 그렸다. 너에게 언제 그림 잘 그린다고 한 적이 있었나? 이 그림이 그중 낫다는 것이지. 어쨌든 이 그림에는 감정이 들어가 있구나. 사람의 감정이, 특히 너의 감정이."

얼굴이 화끈 달아올랐다. 아저씨를 쳐다보았다. 아저씨는 우물쭈물하고 서 있다가 나를 바라보았다. 그리고 박사님이 들고 있던 그림도 보았다.

"저, 가 볼게요."

아저씨는 그렇게 인사하더니 반대쪽으로 달려갔다. 사람이란 항상 이런 식이다. 누군가에게 상처를 받지 않으면 누군가에게 상처를 준다. 나도 어쩔 수 없는 사람인지 이런 식으로 아저씨에게 상처를 주고 말았다. 하지만 내가 해 줄 수 있는 것은 아무것도 없다. 쫓아가서 위로라도 하라고? 어떻게? 쫓아갈 다리도 없고, 마음도 없는데. 내가 태형이라는 아저씨를 얼마나 안다고 위로를 한단 말인가? 저렇게 아무 생각도 없는 나약한 어른에게는 위로도 필요 없다. 나는 박사님을 째려보았다.

"나를 지옥에라도 보내고 싶은 얼굴이군. 진실이 괴로울 수도 있으니까 내가 이해를 하도록 하지."

오늘은 정말 뭐가 안 풀리는 날이다. 반짝이는 물빛을 봤을 때만 해도 모든 걱정이 사라질 줄 알았는데 이제는 걱정이 더욱 커져만 가고 있다. 아빠에다가 이상한 아저씨까지 신경 써야 하다니.

갑자기 어떤 생각이 번뜩 떠올랐다.

"박사님, 저 한 번만 도와주세요."

"지금도 많이 도와주고 있는 거다. 매일 너를 업고 다니는 것도 힘들고 성격 나쁜 너에게 사람 소개해 주는 것도 힘겹다. 게다가 그림도 가르쳐 줘야 하니 내 책임의 무게만도 천근만근이다."

박사님 말대로 확 지옥행 문을 열어 보이고 싶었다.

"어차피 그렇게 바쁘게 되셨는데 한 번만 더 바쁘게 움직여 주세요. 박사님, 우리 아빠 모르시죠?"

"모른다."

"그러면 아빠를 한 번만 미행해 주시겠어요?"

"뭔 소리냐? 난 탐정이 아니다."

"사람에게 모질게 말했으면 그에 대한 대가가 있어야 할 거 아니에요?"

"태형 군이 화가 난 건 네 그림 때문이지 내 말 때문은 아닌 것 같은데."

"나한테 모질게 말했다고요. 나한테!"

"그래, 어쨌든 무슨 사정인지 이야기나 들어 보자."

난 사정을 이야기했다. 아빠가 이상한 전화를 받고 호텔로 갔다는 이야기를 하는 것이 좀 꺼려지기는 했지만 박사님에게 솔직하게 말하는 수밖에 없었다.

"이 부탁을 들어주면 나에게는 뭣을 해 줄 거냐? 이 세상에 공짜란 없다."

"제가 매일 모델 해 드리잖아요."

"대신 나는 매일 너의 다리가 되어 주고 있다."

"전 드릴 것이 없는데요."

혹시 이 아저씨가 이상한 생각을 하고 있는 것은 아니겠지?

"서, 설마, 나한테 뭔가 다른 대가를 바라고 있는 것은 아니죠?"

박사님도 내가 무슨 말을 하는지 이해한 것 같았다. 천천히 내 몸을 위아래로 훑어보았다.

"네가 무슨 말을 하는지 이해 못하는 바는 아니지만, 너에게 그럴 정도의 매…… 마음은 없다."

매력이라고 하려던 것 같은데? 이 영감탱이가 진짜!

"그러면 무슨 대가를 바라는 거예요? 금전적인 것은 한 푼도 안 되니까 그렇게 아세요."

"나랑 축구 경기를 보러 가는 거다. 기본적인 경기 규칙은 알고 있나?"

"골대 안에 골을 넣으면 이기는 경기라는 것 정도는 알고 있어요."

"아무것도 모른다고 생각하면 되겠군. 어쨌든 나랑 축구 경기를 보러 간다고 약속하면 내 기꺼이 네 소원을 들어주겠다."

"소원이라고 한 적 없어요. 부탁이에요. 그런 것이 소원이기에는 내 인생이 너무 불쌍하다고요."

"알았다. 그러면 오늘은 일찍 정리하고 들어가자. 그리고 집 근처에서 대기하고 있다가 네 아빠가 밖으로 나가면 쫓아가도록 하자."

"저도 가요? 제가 가면 미행이 힘들어질 텐데요."

"변장만 잘하면 된다."

우리의 작전은 그렇게 완성됐다.

오후 8시, 엄마에게는 친구네 집에서 공부를 한다고 전화로 핑계를 댔다.

평소에 친구를 잘 만나지 않는 내가 그렇게 말하니 의심을 할 법도 하지만 엄마는 내가 한 말에 토를 단 적이 없었다. 아마도 내 성격이 한몫하겠지. 엄마는 항상 나를 어려워했다. 아니 미안해하는 것 같았다. 미안해서 주눅이 들었고, 주눅 들어서 이야기하는 엄마를 보면 신경질이 났다. 다른 사람 앞에서는 말도 잘 안 하는 내가 엄마 앞에서는 사소한 것에도 소리 지르고 못된 소리를 하기 일쑤였다.

그런 나를 잘 알고 있는데도 고치기 힘들었다. 뭔가 따뜻한 말을 한마디라도 하고 싶은데, 항상 말은 목에서 맴돌 뿐 입 밖으로 나오지 않았다. 언젠가는 엄마의 마음을 알고 있다고 말해 봐야지, 언젠가는.

전화벨이 울렸다. 박사님이 도착했나 보다. 이제 여름 해는 넘어가서 하늘이 검붉게 보였다.

집 앞에 나갔더니 박사님이 휠체어를 끌고 나타났다. 항상 어디서 저런 물건을 구해 오는지 신기했지만 출처를 묻지는 않았다.

"이 동네에서 휠체어를 끄는 것이 쉽지는 않을 텐데요?"

"아까 요 앞에 보니까 할머니가 리어카 끌고 다니면서 폐지 수집하더라. 할머니도 리어카 끌 수 있는 길이면 너 하나 못 끌고 다니겠느냐?"

"박사님, 혹시 그 할머니 노란색 두건 같은 거 쓰고 계시지 않았나요?"

"그래, 그렇더라."

"그러면 그 할머니가 리어카 끌 때 무슨 소리 같은 거 못 들었어요?"

"못 들었다."

"그 할머니 리어카에는 모터가 달려 있다고요. 할머니가 손자 하나 키우면서 사는 것이 불쌍해서 저 아랫동네 오토바이 하시는 분이 리어카를 개조해 줬대요."

"그게 지금 우리 대화하고 무슨 상관이냐?"

"여기는 사람의 힘으로 휠체어를 끌고 다니기 힘든 곳이라는 뜻이죠. 아저씨만 믿고 있다가 언덕 아래로 데굴데굴 굴러가면 책임지실 거예요?"

"휠체어에도 브레이크가 있다. 어떻게 되겠지. 그리고 난 아저씨가 아니라 박사라고 불러라. 까칠한 것이 고슴도치 갔구나."

고슴도치라니. 이상한 별명이 생겼다. 그러고 보니 누가 별명을 붙여 준 것은 처음이었다. 학교에서도 아이들하고 거의 말을 안 하다 보니 별명이 생길 틈이 없었다. 어릴 때야 애들이 쩔뚝이라고 놀릴 때도 있었지만, 그것은 별명이라기 보다 욕에 가까운 것이었고. 그러고 보니 이 아저씨도 욕을 한 것인가?

"그거 욕이에요?"

"네가 욕이라고 생각하면 욕이고, 아니라고 생각하면 아니겠지."

"알았어요, 능구렁이 씨."

박사님은 나를 째려보았다. 삐친 게 분명했다. 같이 작전을 해 나가야 할 사람을 삐치게 해서 좋을 건 하나 없었다.

"미안해요, 박—사—님."

한 글자 한 글자를 또렷하게 발음해서 불러 주었다. 의외로 그 말에 쉽게 풀리는 듯했다.

　도대체 무슨 박사이기에, 아니 박사이기는 한 것일까? 학위를 진짜로 가지고 있다면 단순학이나 유치학 박사일 것이다.

　"그리고 이것도 써라."

　박사님이 가지고 온 것은 안경알이 얼굴의 반은 덮을 만한 선글라스와 아주 유치한 꽃문양이 새겨진 머플러였다. 패션 센스는 그렇다 치더라도 해 떨어진 이 시각 이 여름에 선글라스와 머플러는 누가 봐도 눈에 띄는 차림새였다.

　"이런 걸 입고 가라고요? 오히려 눈에 띌 텐데요?"

　"바로 그 점이다. 눈에 띄는 차림새이기는 하지만 누구인지는 전혀 알아볼 수 없지. 딸이 이런 복장을 하고 자기를 쫓아오리라고 생각하는 아버지가 세상에 어디 있겠느냐? 완벽한 변장인 것이지."

　묘하게도 설득력 있는 말이다. 창피하기는 했지만 머플러를 두르고 선글라스를 꼈다. 목발은 근처의 벽 틈새에 숨겨두었다. 설마 누가 저걸 훔쳐 가지는 않겠지?

　"저기 네 아버지 아니냐?"

　아빠가 집으로 들어가는 모습이 보였다. 박사님과 나는 재빨리 옆 골목으로 몸을 숨겼다. 나는 안쪽에 앉아 있고 박사님이 망을 봤다. 처음에는 그렇게 싫다고 하더니 이제는 박사님이 더 적극적이었다. 게다가 진지한 표정까지 지으니 연극을 하고 있는 것 같아서 웃음마저 나올 정도였다.

"쉿, 다시 나왔다. 언덕 아래쪽으로 내려간다. 천천히 쫓아가 보자."

박사님은 내 의견은 듣지도 않고 휠체어를 밀기 시작했다. 휠체어에는 바퀴가 굴러가지 않도록 고정하는 핸드브레이크가 달려 있었다. 나는 핸드브레이크를 꽉 잡았다. 내리막길에서는 속도를 조절하려고 핸드브레이크를 살짝 당겼다. 그 순간 끼이익 하면서 오래된 자동차가 정지하는 소리가 났다. 심장이 덜컹 내려앉았다. 아빠가 돌아볼까 봐 걱정이 됐지만 다행히 아빠는 서둘러 내려갔다.

핸드브레이크를 풀자 휠체어가 앞으로 빠르게 움직이기 시작했다. 박사님은 뒤에서 온 힘을 다 모아서 휠체어를 붙잡았다. 그러다 힘에 부치는지 속도가 좀 빨라졌다. 박사님 신발 끌리는 소리가 났다. 분명히 견디지 못하고 있는 것이었다. 휠체어가 넘어질까 봐 겁이 나서 다시 브레이크를 당겼다. 다시 어둠을 뚫는 끼이익 하는 잡음이 새어 나왔다. 또다시 가슴이 철렁했다. 죄를 짓는 것도 아닌데 왜 이렇게 떨리는지 모르겠다.

"아무래도 안 되겠다. 너무 무거워. 이 길을 못 내려가겠다. 브레이크를 안 쓰면 내가 버틸 수 없을 것 같다."

뒤에서 말하는 박사님은 이미 많이 지쳐 있었다.

"그러면 다시 올라가서 목발이라도 가지고 오죠?"

"아니다. 목발을 가지고 가면 누가 봐도 너라는 것을 알 거다. 사람은 걸음걸이도 다 제각각이니, 아버지가 딸의 걸음걸이를 모르겠느냐?"

"그러면 어떻게 해요?"

박사님은 곰곰이 생각하는 눈치였다.

"그러면 뒤로 내려가자. 후진으로 내려가면 내가 뒤에서 받치는 형태가 되니까 힘을 주기 편할 것 같다."

"그러면 어떻게 아빠를 쫓아가요? 뒤로 내려가면서?"

"추적은 포기다. 내려가서 택시를 타면 새롬호텔까지 먼저 갈 수 있을 거다. 네 아버지가 버스를 타고 간다는 조건 아래서 말이다."

"새롬호텔로 간다는 보장도 없잖아요?"

"별수 없다. 단골이라고 생각하는 수밖에."

'단골'이라는 말이 거슬렸다. 절대로 단골일 리가 없다. 어제는 정말로 우연히 말할 수 없는 약속이 생겼을 뿐일 것이다. 말할 수 없는 약속이라는 것이 마음에 걸리기는 하지만, 아빠가 단골인 것보다는 덜 기분이 나빴다.

"단골 아니에요."

"뭐, 단골이든 뜨내기손님이든 우리가 찾아갈 수 있는 곳은 거기밖에 없다. 택시비는 내가 낼 테니 걱정하지 마라. 오늘 비용이 상당히 많이 들기는 하지만 '친절한' 내가 선심을 쓰도록 하지."

아, 저 선심을 받아들이면 또 얼마나 티를 낼까? 하지만 지금은 방법이 없다.

지금까지는 체면을 생각해서인지 한 번도 내지 않던 박사님의 끙차 소리와 후진으로 내려가며 가끔 위험할 때 핸드브레이크를 써서 나는 끼익 소리가 이상한 듀엣송이 됐다.

언덕을 내려와서는 박사님이 어디론가 전화를 걸었다. 잠시 후 휠체어를 실을 수 있는 커다란 승합차 택시가 와 멈춰 섰다. 이런 전화번호는 또 어떻게 알고 있었을까? 알면 알수록 이상한 사람이라는 생각이 들었다. 그리고 보니 나는 박사님의 이름도 모르고 있었다.

택시 안에서 박사님의 이름을 물어보았다.

"왜? 이름은 알아 뭐하려고? 그냥 박사님이라고 부르면 된다."

뭔가 숨기려고 하는 것이 범죄자는 아닌가 하는 의심마저 들었지만, 좀 이상한 이름을 가져서 그랬겠지 하고 합리화시켜 주엇다.

택시는 십여 분을 달려 새롬호텔 앞에 도착했다. 택시 안에서 잠시 벗어 두었던 머플러와 선글라스를 다시 썼다. 운전사 아저씨가 우리를 이상한 눈으로 보았다. 학생으로 보이는 아이가 차에서 내리면서 선글라스와 머플러를 쓰는 모습도 그렇지만 하필이면 내린 곳이 호텔이지 않은가. 피해망상일지 모르지만 실제로 호텔이란 곳을 처음 와 보니 그런 삼류 연속극 같은 생각이 자꾸 커져만 갔다.

새롬호텔은 내가 생각한 으리으리한 호텔과는 거리가 있었다. 작은 로비가 있고, 1층 한쪽은 술집이었다. 아빠가 어디 있는지 일단 눈으로 훑어보았다.

아직 도착하지 않았으리라 생각한 아빠는 이미 호텔 앞에서 서성거리고 있었다. 박사님은 로비 한쪽 구석에 있는 작은 의자에 앉았고, 나는 그 앞에서 휠체어에 그대로 앉아 있었다. 호텔 입구에서 서성거리던 아빠가 로비 쪽으로 다가왔다. 사람을 찾는 듯 두리번거리던 아빠와 눈이 마주쳤다. 숨거나 도망갈 수도 없는 상황이었다. 고개를 다른 쪽으로 돌렸지만 아빠의 시선은 계속 나를 향하고 있는 것 같았다.

그때 아빠의 휴대 전화 소리가 울렸다. 아빠는 전화를 받더니 다시 입구 쪽으로 나갔다. 아빠의 모습이 보이지 않았다. 휠체어를 밀고 로비의 창문 쪽으로 가까이 다가갔다.

아빠가 앞에 정차되어 있던 검은색 고급 승용차에 올라

탔다. 그러자 고급스럽게 잘 차려입은 한 여자가 차 뒷문을 열고 올라탔다.

가슴이 먹먹했다. 이제 쫓아갈 수도 없다. 이 유치한 탐정놀이의 결과가 이렇게 끝날 줄은 몰랐다. 그래도 아빠를 믿었는데 바람이나 피우다니. 엄마는 어떡하라고, 그리고 나는? 나는 어떡하라고?

고개가 숙여졌다. 깊은 한숨이 새어 나왔다.

"충격받았니?"

뒤에서 다가온 박사님의 목소리가 들렸다.

"예, 충격을 안 받을 수가 없죠. 이 상황에서 어떻게 충격을 안 받아요."

"그래, 그렇겠지. 집으로 갈래?"

"그래야겠죠. 그런데 어떻게 해야 할지 모르겠어요. 엄마한테 말해야 할까요? 엄마도 모르고 있을 텐데요."

"일단 아빠와 이야기해 보는 게 좋지 않겠느냐?"

"뭐라고 이야기하죠?"

"뭐라고 이야기하면 좋겠느냐?"

"평소에 아빠하고 그렇게 말을 많이 하는 편이 아니어서 뭐라고 말을 꺼내야 할지 모르겠어요. 그냥 '왜 바람을 피웠어?'라고 바로 물어보는 편이 좋을까요?"

"바람? 지금 무슨 생각을 하고 있는 것이냐?"

박사님의 반응이 이상했다. 내 생각과는 다른 생각을 하는 것이 분명했다.

"그러면 아빠가 다른 여자를 만나는 게 아니란 말인가요?"

"아무래도 넌 드라마를 너무 많이 본 것 같구나. 텔레비전 드라마에서처럼 쉽게 다른 사람을 만나고 가족을 잊을 수 있는 것이 아니다. 그런 건 매우 드문 경우이고, 그렇기 때문에 드라마로 만들어지는 것이고 뉴스에 나오는 것이지. 너는 네 아빠가 겨우 그 정도의 사람이라고 생각한 것이냐?"

순간 말문이 막혔다. 지금까지 아빠를 믿어 왔다고 생각했는데 결정적인 순간에 믿지 못하고 있었다.

"그러면 아빠는 지금……."

"내가 보기에는 대리운전을 하고 있는 것 같구나. 아마 이 근방에 술집이 많이 있으니 대리운전 기사들이 집결하는 곳일 거다. 이 호텔만 해도 이미 술집이 있지 않느냐?"

"아빠가 대리운전을 하고 있다고요? 슈퍼마켓 때문에 매일 새벽에 나가시는데요?"

"그 사정까지는 내가 알 수 없지. 왜 아빠가 일을 하실 것 같으냐?"

"글쎄요, 갑자기 돈이 필요하시거나 아니면……."

"아마도 네가 생각하고 있는 것이 맞을 게다. 나보다는 네가 네 아빠를 더 잘 알고 있을 테니 말이다. 일단 집으로 돌아가자. 자세한 이야기는 네 아빠와 하는 것이 좋겠다. 내가 택시를 다시 불러 주마."

박사님이 또 전화를 걸었다. 몇 분이 지나자 호텔 앞으로 아까 타고 온 것과 같은 커다란 택시가 도착했다.

택시가 올라갈 수 없는 골목길에서는 박사님이 휠체어를 밀어 주었다. 미안한 마음과 고마운 마음이 동시에 들었다. 별 상관도 없는 자신을 위해 이렇게 힘과 신경을 써 준 사람은 부모님 이후로 처음인 듯했다.

"고마워요. 이렇게 저한테 신경을 써 주셔서. 그리고 아빠에 대한 저의 오해도 바로잡아 주셔서요."

"당연히 고맙게 생각해야지. 넌 사회적으로 약자다. 도움을 받는 것도 당연하고 고마워해야 하는 것도 당연하다. 그렇게 당연하게 사람은 살아가는 거다. 그런데 당연하게도 이 휠체어는 너무나 무겁구나. 네가 왜 이 동네에서 목발을 짚고 다니는지 알겠다."

말문이 막혔다. 나도 모르게 눈물이 흘러나오려 했다. 그 순간 휠체어의 속도가 조금 빨라졌다. 누군가 휠체어 미는 것을 도와주는 모양이었다.

뒤를 돌아보니 어둠 속에서 환히 비치는 얼굴이 있었다.

바보였다. 아니 바보처럼 보이지는 않았다. 오늘은 이상한 복장도 하지 않았고 멀쩡해 보였다.

"안녕."

난 처음으로 바보에게 먼저 인사했다. 사실 바보도 나를 보고 쭈뼛거리기만 했지 먼저 인사를 한 적은 없었다.

"예, 안녕하세요."

바보가 더듬거리지도 않고 자연스럽게 말해서 오히려 놀랐다. 게다가 존댓말이라니. 내가 바보라고 생각한 것이 잘못된 선입견인지도 모르겠다.

박사님이 바보에게 말을 붙였다.

"지금 하고 있는 일들은 잘돼 가나? 오늘은 기분이 좋은 것 같은데?"

"예. 잘돼 갑니다. 오늘은 헤라클레스, 아니 영웅과 친구가 되었어요. 영웅이 도와주는 데 안 좋은 일이 어디 있겠어요?"

헤라클레스? 잘나가다가 바보 같은 이야기로 새고 말았다. 어쨌든 아직 이름도 모르는 바보의 도움으로 집까지 무사히 도착했다. 바보는 인사를 꾸벅하더니 타타탁 소리를 내며 어디론가 뛰어갔다. 그러고 보니 바보는 항상 달리고 있었던 것 같다. 바보라서 체력이 좋은 건가?

"오늘 수고 많았다. 사실 내가 수고는 더 많이 하고 돈도

다 '내가' 썼지만 말이다."

집 앞에서 박사님이 말했다. 역시 자신의 공치사는 잊지 않는 분이다.

"오늘 정말 고마웠어요."

"그래, 난 귀찮게도 빌려 온 휠체어를 다시 가져다주러 가야 하니 여기서 빨리 움직이도록 하겠다. 그리고 축구 같이 보러 가겠다는 약속 잊지 말고, 네 아빠랑 어떻게 이야기했는지 나한테 꼭 알려 주기 바란다. 왠지 궁금하거든, 남의 일이란 것이."

박사님은 그렇게 밉살스러운 말을 남기고 빈 휠체어를 끌며 어둠 속으로 사라졌다.

집은 비어 있었다. 24시간 편의점이 없는 우리 동네에서는 엄마 아빠의 작은 슈퍼마켓이 동네의 편의점이나 마찬가지였다. 그래서 11시가 넘어서까지 가게 문을 열어 두는 경우가 종종 있었다. 오늘도 그런 날인가 보다. 집에 아직도 어둡다.

12시가 좀 넘으니 엄마가 돌아왔다.

"집에 와 있었네? 친구 집에 간다고 해서 좀 더 늦을 줄 알았더니. 피곤할 텐데 들어가서 자라."

"아빠는?"

아빠가 밖에서 무엇을 하는지 엄마가 알고 있나 알아보

려고 짐짓 말을 붙여 보았다.

"글쎄다, 친구 만나서 좀 늦을 것 같다고는 했는데, 걱정이다. 전에는 안 그러던 사람이 요즘은 이렇게 늦는 경우가 종종 있네. 새벽에 물건 받으러 또 나가야 하는데 말이야. 우리가 채소만 팔지 않아도 새벽일은 하지 않아도 될 텐데, 이 동네에서 제일 잘나가는 게 채소니 안 들여놓을 수도 없고……. 내가 널 데리고 무슨 말을 하고 있는 거니? 이제 들어가도록 해라."

난 잠시 엄마를 쳐다보았다.

"엄마, 나 데리고 그런 말 좀 해도 돼. 내가 다리가 불편하긴 하지만……."

그래도 가족이잖아. 이 말을 하려고 했다. 그런데 거기까지는 말이 나오지 않았다. 그래도 엄마는 다 알아들었으리라. 엄마는 잠시 나를 가만히 바라보더니 고개를 끄덕하고 방으로 들어갔다.

작은 마루 하나를 사이에 두고 서로 마주 보는 방. 그 두 개의 방과 마루가 우리 집에 있는 공간의 전부다. 아주 작은 공간에서 내가 반을 사용하고 있었다. 그리고 언제부터인가 내 방에는 나 외에는 아무도 들어오지 않는다.

언제부터였을까? 엄마와 아빠가 내 눈치를 보기 시작한 것이. 언제부터였을까? 내가 사람들과 이야기하지 않았던 것이. 언제부터였을까? 언제부터였을까? 언제부터…….

　살짝 잠이 들었다가 문이 열리는 소리에 눈을 떴다. 조
심스럽게 현관문 여는 소리가 들렸다. 나는 침대 옆에 세워
둔 목발을 들었다. 그리고 마루로 나갔다.
　나와 눈이 마주친 아빠는 얼어붙었다. 마치 귀신을 본 듯
눈을 크게 뜨고 손을 어색하게 앞으로 내밀고 있었다. 그러
곤 손모양보다 더 어색하게 말을 꺼냈다.
　"화장실 가니? 많이 늦었는데."
　"아니, 아빠 기다렸어."
　"나를? 왜?"
　"내 방으로 잠깐만 들어와."
　아빠는 쭈뼛거리며 내 방으로 따라 들어왔다. 나는 하나
밖에 없는 의자에 걸터앉았다. 아빠는 오랜만에 내 방에 들
어와서 그런지 시선도 불안했고 어디에 자리를 잡아야 할
지도 잘 모르는 모양이었다.
　"침대에 앉아."
　그제야 아빠는 침대에 앉았다. 오래간만에 아빠와 이야
기를 하는데 이렇게 뭔가 추궁하듯이 하기는 싫었다. 하지
만 부드럽게 목소리가 나오지 않았다.
　"왜 그러니?"

아빠가 근심이 가득한 눈으로 물었다. 아빠에게서 술 냄새는 나지 않았다.

"술 냄새 안 나네. 엄마가 아빠 친구랑 한 잔 하러 갔다고 하던데."

"응, 그냥 얘기만 하다가 왔어."

"어디서 이 시간까지 이야기를 해? 누구랑?"

"그냥 그런 데가 있어. 왜 그런 게 궁금해?"

"궁금해. 아빠가 어디서 무엇을 하고 왔는지가 정말 궁금하다고."

아빠는 잠시 말을 멈췄다. 눈을 어디에 두어야 할지 모르겠다는 듯이 눈동자가 움직였다.

"바람이라도 피우는 거야?"

아빠의 눈동자가 더욱 커졌다. 딸의 입에서 그런 말이 나오리라고는 생각도 못한 것 같았다. 박사님은 아니라고 했지만 혹시나 하는 마음이 남아 있던 것은 사실이었다. 나는 아빠가 단호히 아니라고 대답해 주기를 기다렸다.

"그게 무슨 말도 안 되는 소리니? 난 절대 그런 짓은 하지 않아."

다행이었다. 아빠는 조금 상기된 표정으로 깊은 한숨을 내쉬더니 말했다.

"내가 너에게 어떤 모습으로 보였는지 모르겠다만, 아빠는 너를 위해 노력하고 있어."

"그게 대리운전이야?"

아빠는 잠시 침묵하다가 입을 열었다.

"어떻게 알았니?"

"미안, 아빠 몰래 따라갔었어."

"몰래? 네가 어떻게……?"

아빠는 뒤에 이어져야 할 말은 생략했다. '제대로 걷지도 못하는'이었을 것이다. 하지만 아빠는 여태까지 한 번도 내 앞에서 다리 이야기를 한 적이 없었다. 다리에 대해 이야기하는 것은 아빠에게 금기 사항이었다.

"아는 사람의 도움을 좀 받았어. 누군지는 말하지 않을 거야."

"혹시, 그 이상한 머플러를 쓴 아줌마? 아니야, 그럴 리가 없지."

가슴이 철렁했다. 역시 박사님이 가지고 온 소품들은 사람들 눈에 확실히 띄었다. 그런 모습을 하고서 몰래 따라간 것이 창피했다. 다른 데로 화제를 돌려야 했다.

"지금 그런 것이 중요한 게 아니잖아. 왜 엄마도 모르게 그런 일을 해?"

"네 엄마에게 말하면 절대로 대리운전 같은 건 못하게 했을 거야. 하지만 아랫동네로 어떡하든 이사를 하고 싶었어.

그곳이라면…….”

아빠는 말을 잇지 못했다. 아빠가 다시 말을 할 수 있도록 시간을 주었다.

“그곳이라면, 네 아픈 다리로도 편히 다닐 수 있을 것 같았어. 그곳은 이런 언덕도 아니고, 학교도 가까이 있고, 휠체어를 쓸 수도 있을 거고, 급하면 택시도 집 앞까지 부를 수 있을 거야. 네가 좋아하는 그림을 그리러 밖에도 쉽게 나갈 수 있을 거고.”

아빠는 거기서 또 말을 멈췄다. 아빠가 간간이 말을 멈추는 이유를 난 잘 알고 있다. 미안해하고 있는 것이다.

“그런데 아빠가 무능해서, 지금 사정으로는 도저히 이사를 갈 만한 여력이 되지 않는구나. 네 엄마도 그렇게 하루 종일 가게에서 밖으로 나오지도 못하고 있는데, 더 걱정을 끼치고 싶지는 않았어. 대리운전을 해서 돈을 모으면 그걸 종잣돈으로 뭐라도 할 수 있지 않을까 하는 막연한 생각에 시작했다. 말을 하고 나니 좀 부끄럽네.”

“당연히 부끄러워해야지! 내가 언제 아랫동네에서 살고 싶다고 했어? 그렇게 잠도 안 자고 일하다가 잘못되기라도 하면 어쩌려고 그래? 다리도 못 쓰는 딸이 아빠도 없이 어떻게 살라고 그러는 거야? 나 이제 겨우 열여섯인데, 대학도 보내고 시집도 보내야 할 거 아냐? 좋은 집으로 이사 가서 없으면 누구 손 잡고 결혼식장 들어가라고? 걷지도 못하는 딸 부축도 안 해 줄 거야?"

문이 덜컥 열렸다. 내가 그렇게 소리를 질렀는데 엄마가 못 들었을 리 없었다.

"여보, 빨리 가서 자. 내일 일찍 일 나가야 하잖아. 너도 빨리 자. 내일도 열심히 그림 그려야지."

엄마가 한 말은 그뿐이었다. 더 많은 말을 하고 싶었을 것이다. 하지만 엄마는 내 얼굴도 아빠 얼굴도 보지 못하고 있었다. 왜 서로 사랑하는데도 이렇게 마음이 아플까?

아빠는 미안하다는 얼굴로 나를 보고는 방에서 나갔다. 엄마와 아빠는 아마도 오늘 잠을 이루지 못할 것이다. 두 분은 밤새도록 이야기를 나눌 것이다. 그리고 또다시 이 작은 집에 해는 떠오를 것이다.

어떻게 밤이 지나갔는지도 모르겠다. 잠을 자지 못한 것 같은데 졸리지도 않았다. 시계를 보니 벌써 9시가 넘어가고 있었다. 새벽에 아빠가 나가는 소리를 들었다. 인사도 하지 않았다. 평소와 다름없었다. 아빠는 새벽에 일을 나가고 엄마는 내가 먹을 음식을 준비해 두고 슈퍼마켓의 문을 열러 나갔다.

오늘 하루는 밥을 먹기도 싫고, 밖에 나가기도 싫었다.

여름 더위가 기승을 부렸지만 침대 위에서 꼼짝도 하기 싫었다. 아무것도 생각하기 싫었지만 생각은 여전히 머릿속에 맴돌고 있었다.

"아, 싫다."

일부러 입 밖으로 소리를 내서 말해 보았다. 그렇게 말하면 머릿속에 있는 생각이 사라질 것 같았다.

휴대 전화가 울렸다. 박사님이다. 오늘 같은 날은 그냥 좀 내버려 두지, 눈치도 없나? 하는 생각이 들었다.

"대충 준비하고 빨리 나와라."

"왜요? 그냥 집에 있으면 안 돼요?"

"안 된다. 머리가 복잡한 날일수록 밖으로 나돌아 다녀야 하는 법이야. 생각은 짧고 간단한 편이 좋다. 괜히 생각한답시고 구석에 틀어박혀 있어 봤자 우울한 생각밖에 들지 않는다."

"박사님은 도대체 무슨 박사님인데 뭐든지 척척 답을 하세요?"

"그냥 박사다. 알 거 없다. 빨리 나와서 약속을 지켜라. 오늘은 그림을 그릴 게 아니니까 대충 옷 입고 나와라. 평소에도 대충 다니는 것 같기는 하다만."

역시 사람을 짜증 나게 하는 데는 대표적인 말솜씨를 지닌 분이었다.

"오늘 축구를 보러 간다는 말이에요?"

"그래, 오늘이 그날이다. 빨리 나와라."

난 할 수 없이 야구 모자를 눌러쓰고 후드 티를 입었다. 나는 여름에도 긴팔 티셔츠를 즐겨 입는다. 반팔은 목발을 짚을 때 겨드랑이 부분이 말려 올라올 가능성이 높기 때문이다.

집 앞에 나오니 박사님이 기다리고 있었다.

"정말로 대충 하고 나왔구나. 젊어서 다행이다. 젊음이란 모든 것을 커버할 수 있으니까 말이다."

"그러니까, 제가 젊음으로 모든 것을 커버하고 있다는 말이군요?"

"그렇다고는 말하지 않았다. 일반적인 사실을 특수화하지 마라."

"어쨌든 가요. 어딘지는 모르지만."

박사님은 등을 내밀었다.

"업혀라. 어제 힘든 하루였으니 오늘은 내가 조금만 더 친절하게 도와주도록 하겠다."

난 주저하지 않고 박사님에게 업혔다. 언덕길을 내려갈 때까지만이라도 넓은 등에 의지하고 싶었다. 전에도 느꼈지만 박사님의 등은 의외로 넓었다. 겉으로는 왜소해 보이는 체격인데.

"박사님, 무슨 운동 같은 거 하셨어요?"

"왜?"

"등이 넓네요."

"사람의 몸은 필요에 따라 바뀌는 법이다. 누군가 내 등을 필요로 하니 넓어진 것일 게다."

"내 몸도 필요에 의해 바뀌면 좋겠네요."

"일천구백육십 년 로마 올림픽에서 여자 백 미터, 이백 미터, 사백 미터 달리기까지 금메달을 딴 삼관왕이 누군지 아니?"

"아니요."

"윌마 루돌프라는 여자다. 윌마는 너처럼 소아마비 환자였다. 의사가 걸을 수 없을 거라는 진단을 내렸음에도 불구하고 꾸준히 치료와 달리기를 병행하여 결국 육상 선수가 되었다."

"지금 걷는 노력을 하지 않는다고 질책하시는 거예요? 그러실 거면 내려 줘요. 이 정도는 걸을 수 있어요."

"아니, 네가 걷거나 뛰지 않는다고 질책하는 것이 아니다. 윌마의 사례는 기적에 가까운 거니까 모든 사람이 그렇게 될 수 있다고 생각하지 않는다."

"그러면 그 이야기를 왜 하시는 거예요?"

"윌마가 자신이 달릴 수 있다고 믿게 된 이유를 말해 주기 위해서지. 월마는 달릴 수 없다는 의사의 말을 믿지 않았다. 달릴 수 있다고 격려해 준 어머니의 말을 믿었다. 그래서 그 힘든 훈련과 치료를 이겨 낼 수 있었던 거다. 너도 희망을 믿으라는 거야. 달릴 수 없어도 상관없다. 너에게는 무한히 많은 희망이 있으니 말이다."

무한히 많은 희망이라. 너무 비현실적이었다. 박사님의 몇 마디를 듣고 지금까지의 생각을 확 바꾸기란 무리다.

언덕을 내려가는 동안 잠시 아무 말도 하지 않았다. 박사님이 문뜩 말을 붙였다.

"그리고 사춘기 소녀가 이렇게 쉽게 모르는 사람 등에 업히다니 철딱서니가 없구나."

박사님의 목을 보니 송골송골 땀이 맺혀 있었다. 등도 축축하게 젖어 들고 있었다. 박사님이 그렇게 이야기하는 건 힘들다는 표현이다. 자기가 업어 준다고 해 놓고 힘드니까 딴소리를 하는 것이다.

"박사님이니까 업혔죠. 평소 같으면 다른 사람이 부축해 주는 것도 싫어해요."

"그런데 왜 나한테는 업히는 거냐?"

"만만하니까요. 힘들면 노골적으로 힘들다고 하니까 오히려 마음도 편하고요. 얼마 안 남았으니까 그냥 업고 내려가세요. 쩨쩨하게 중간에 포기하지 말고."

"쩨쩨하다니? 난 쩨쩨하지 않다. 그냥 널 생각해서 말해 준 것뿐이다."

말은 그렇게 하지만 박사님은 일부러 끙 소리를 크게 내면서 자세를 다시 잡았다.

언덕에서 내려와 버스를 타고 이동한 곳은 잔디가 깔린 고등학교 운동장이었다. 인조 잔디이긴 하지만 파란 잔디가 넓게 펼쳐져 있었다. 운동장에는 선수로 보이는 학생들이 몸을 풀고 있었다.

"축구를 보자는 게 고등학교 축구였어요?"

"프로 경기는 아니지만 나름대로 재미있다. 이곳에 너를 데리고 온 이유는 한 사람을 소개해 주기 위해서다."

"누구를요?"

"저쪽 구석에서 몸을 풀고 있는 학생을 봐라."

한쪽에서 파란 유니폼을 입고 몸을 풀고 있는 학생의 모습이 보였다. 멀어서 잘 보이지는 않았지만 얼굴이 눈에 익었다. 바보였다.

"바보잖아요? 바보가 축구도 하나요?"

"바보가 아니다. 가장 열심히 살고 있는 소년이다. 희망이라는 끈을 절대로 놓지 않는 소년이다. 오늘 저 소년을 네가 유심히 봐야 한다."

학부모들이 응원을 하려고 조금씩 모여들고 있었다. 커

다란 아이스박스도 동원되었고, 플래카드를 만들어 온 사람도 있었다. 학부모들은 양쪽 진영으로 나뉘어 앉았다. 벌써부터 응원을 시작한 사람도 있었다.

"아마도 네가 바보라고 부르는 소년을 응원하는 사람은 없을 거다. 저 학생의 이름은 대일이다. 허대일. 아버지도 어머니도 없다. 유일한 가족은 할머니뿐이다. 그리고 네가 생각처럼 바보는 아니다. 대뇌피질에 외상을 입었을 뿐이다. 그 외상을 입었을 때 부모님이 모두 돌아가셨다. 교통사고라고 했다."

"대뇌피질? 그곳에 상처가 생기면 바보가 되는 건가요?"

"바보가 아니라고 했다. 대뇌피질의 여러 기능과 신경망에 대해서는 인간이 아직까지 정확하게 알지 못하고 있다. 그러나 그곳이 인간의 생각을 지배하는 부분이라는 것은 확실하다. 대일이는 사물과 상상의 경계가 일부 허물어졌다. 인형을 모자라고 생각하면 대일이에게는 그 인형이 모자인 것이다. 인형을 쓰는 것이 본인에게는 하나도 이상하지 않은 것이지. 아이큐나 학업에는 아무 문제가 없다. 누군가 세심하게 보살펴 준다면 정상인으로 살아갈 수 있다. 하지만 세심한 보살핌을 받는다는 것이 힘든 상황이다. 그래도 대일이는 희망을 가졌다. 자신이 무엇을 가장 잘할 수 있는지 생각한 것이다. 그 희망을 축구에서 찾았다. 공과 골대. 두 가지만 있으면 나머지 규칙들은 부수적인 것에 불과한 그 운동 속에서 자신의 가능성을 찾았다."

"사물을 구별하지 못하는데 축구를 한다고요?"

"그래서 처음에는 고생이 많았고, 지금도 고생을 하고 있다. 공이 무서운 고양이로 보인 적도 있었다. 대일이의 또 다른 문제점은 사람의 모습이 다 비슷하게 보인다는 것이다. 얼굴을 인지하는 능력이 다른 사람의 십 분의 일도 안 된다. 오늘 대일이는 수비수다. 자신이 마크하는 사람을 끝까지 관찰해야 하지만 얼굴로 사람을 구별할 수 없는 대일이에게는 큰 장애가 된다. 하지만 대일이는 극복하려고 무던히도 노력하고 있다. 그리고 드디어 오늘 선발로 뛰게 되었다. 감독은 대일이에게 축구부에서 빠지라고 몇 번이나 이야기했다. 하지만 대일이는 매일 훈련하고 연습에 참가했다. 결국은 연습 시합이지만 오늘 처음 선발로 뛰게 된 것이다."

나는 바보, 아니 대일이를 바라보았다. 얼굴이 살짝 상기돼 있었다. 박사님의 말을 들은 뒤라서 그런지 전혀 바보처럼 보이지 않았다. 저 아이의 눈에 나는 어떻게 보였을까? 그냥 지나가던 똑같은 사람으로 보였을까? 그래서 항상 그렇게 쭈뼛거렸을까? 내가 다리를 못 쓰는 만큼이나 힘들까? 오히려 더 힘들 수도 있었다. 나는 몸의 일부가 내 의

지대로 움직이지 않는 것이지만 저 아이는 의지 자체가 자신을 속이고 있을지도 모른다는 불안감을 항상 안고 살아야 한다.

경기가 막 시작되려 했다. 선수들이 중앙에 모여 서로 인사를 나누고 관중석을 향해 인사했다. 학부모들의 열렬한 박수 소리가 울려 퍼졌다. 나는 바보에게, 대일이에게 박수를 보냈다. 대일이가 이쪽을 흘끗 쳐다보는 것 같았다. 그리고 웃었다. 나를, 아니 박사님을 알아본 것이 분명했다.

축구에 대한 지식이 많지 않은 나는 박사님의 해설을 들어 가며 경기를 봤다. 대일이의 포지션은 오른쪽 풀백이라고 했다. 오른쪽에서 상대편의 공격을 차단하는 것이 주임무이고 간혹 공격까지 해야 한다고 했다.

경기는 공격과 방어가 한 번씩 번갈아 가며 진행되었다. 어쩌다가 텔레비전에서 본 유럽 축구처럼 매끄럽게 공을 차는 것은 아니었지만 직접 현장에서 보니 그 생생함에 나도 모르게 빠져들었다. 발과 공이 부딪치는 소리가 펑펑 울렸고 간혹 몸끼리 부딪치는 소리도 들렸다.

박사님은 대일이네 학교에서 쓰는 전술은 442라고 했다. 중앙에서 미드필더들이 점유율을 높이면서 공격하는 전술이라고 하는데 잘은 모르겠고 가운데를 두텁게 하는 것이라고만 이해했다. 상대편 학교에서는 433을 쓴다고 했는데 역시 이해는 되지 않지만 세 명이 좌우에서 빠르게 공격하는 것이 특징이라고 했다.

대일이가 서 있는 쪽에서 공이 많이 움직였다. 대일이는 상대편이 공을 가지고 들어오면 열심히 쫓아가서 공격을 막았다. 그러곤 같은 편에게 길게 공을 내주었다.

"야, 성환이를 주라니까 왜 자꾸 상식이한테 주는 거야?"

대일이 편 감독이 소리를 질렀다. 아무래도 대일이가 착각해서 다른 사람에게 패스한 모양이었다.

옆에 앉은 한 아주머니의 쑤군덕거리는 소리도 들렸다. 이상하게 작게 이야기하는 소리는 더 잘 들린다.

"저기 오른쪽에 있는 애 누구예요? 처음 보는 애인데요? 현성이가 그 자리 아니에요?"

"그러게요. 하도 사정해서 이번에만 출전시켜 줬대요. 현성이 엄마도 기분이 매우 나쁜가 보더라고요. 고아라고 좀 봐주나 봐요. 이번만 출전시켜서 제대로 못하면 아예 탈퇴시키고 현성이를 붙박이로 쓴다고 했대요. 현성이 엄마가 축구부에 갖다 바친 게 얼마인데요. 현성이가 주전도 못하면 뭣하러 그러겠어요? 아마도 전반전 마치고 현성이로 바꿀 것 같아요."

나는 가슴이 철렁했다. 겨우 얻은 첫 번째 기회가 마지막이 될 수도 있었다.

"박사님, 어떡하죠? 바보, 아니 대일이는 이것이 마지막일 수도 있대요."

"난 걱정하지 않는다. 대일이는 능력도 있지만 더 중요한 점은 포기할 줄 모르고, 자신에게 항상 희망을 가지고 있다는 것이다. 오늘 쓰러진다고 내일도 쓰러지는 건 아니다."

말하는 순간 대일이가 속한 팀의 중앙이 뚫렸다. 상대편 공격수가 가운데로 거침없이 밀고 들어왔다. 대일이 팀의 골키퍼가 앞으로 달려 나갔지만 공격수는 둘이었다. 골대 쪽으로 달려오던 공격수가 골키퍼를 속이고 옆으로 공을 패스했다. 골문은 텅 비어 있었다. 공을 받은 공격수가 슛을 하기 직전, 언제 왔는지 오른쪽 수비수인 대일이가 왼쪽까지 달려와서 몸을 날렸다. 매우 위험해 보였다.

"안 돼!"

나도 모르게 소리를 질렀다. 대일이는 다이빙하듯 머리로 공을 쳐 냈다. 하지만 상대편 공격수가 슛을 시도한 다리를 미처 접지 못해서 그만 축구화로 대일이의 오른쪽 머리를 스치듯 차 올리고 말았다. 공은 코너 아웃이 되었다. 코너킥을 차야 하는데 대일이가 일어나지 않았다. 고등학교에서 열리는 친선 게임이라 그런지 의료진은 매우 허술해 보였다. 텔레비전에서 보면 들것이라도 들고 들어오던데 가운을 입은 여자 한 명만 작은 가방을 들고 대일이 쪽으로 달려왔다.

엎드려 있던 대일이를 편한 자세로 뉘었다. 대일이는 눈을 감고 있었다. 머리에서는 피가 흘러 내렸다. 피보다도 꼼짝하지 않는 것이 더 걱정됐다.

"저 자식은 내보내 달라고 해서 내보내 줬더니 사고나 치고 있네. 야, 현성아, 몸 풀어라!"

감독의 목소리가 들렸다. 속이 부글부글 끓었다. 내가 대일이에게 바보라고 했던 기억은 잠시 사라졌다.

"이 바보 감독아! 애부터 걱정해야지!"

나도 모르게 소리를 질렀다. 주변 사람들이 나를 쳐다보았다. 고개를 숙였다. 하지만 후련했다. 이렇게 소리를 질러 본 기억이 거의 없었다. 기분 나쁜 일이 생길까 봐 사람을 피해 왔다. 싸울 일이 생길까 봐 눈도 마주치지 않았다. 누가 나를 불쌍히 여길까 봐 고개도 돌리지 않았다. 소리를 지른 적도 없고 남의 말을 들은 적도 없었다. 웃음이 나왔다. 이것이 나의 본성인가 보다. 다리도 불편하고 마른 여학생이라 다른 사람들 눈에 유약하게 보일 것이라 생각했고, 나 스스로도 그렇게 행동했다. 하지만 사실 고슴도치라는 별명에 맞게 소리치고 성질내는 것이 나의 본성인가 보다. 다시 고개를 들었다.

"학생이 다쳤으면 다른 선수 준비보다 다친 학생을 먼저 걱정해야 하는 거 아니오?"

옆에 있던 박사님이 힘을 보탰다. 이쪽을 쳐다보고 뭐라고 말하려던 감독은 박사님의 얼굴을 보더니 아무 말 없이 운동장을 바라보았다.

대일이는 들것도 없어서 운동장 가운데서 치료를 받고 있었다. 이동시켰다가 쇼크를 받을까 봐 그 자리에서 치료하는 것 같았다. 다친 부위를 닦고 붕대를 감는 모습이 보였다. 충격이 크지 않았기를 바랄 뿐이었다.

슛을 시도했던 상대편 선수도 걱정이 되었는지 슬금슬금 대일이에게 다가가 지켜보았다. 그런데 꼼짝도 하지 않던 대일이가 스프링이 튕기듯 벌떡 일어나 뛰어나가려고 했다. 마치 다운되었던 권투 선수가 일어나 다시 자세를 잡는 것 같았다.

나는 박수를 쳤다. 내가 박수를 치니까 다른 학부모들도 같이 박수를 보내기 시작했다. 심판은 일단 운동장 밖으로 나가서 치료를 마치고 들어오라는 손짓을 보냈다. 대일이는 밖으로 나가 치료를 받았다. 언뜻 보기에 치료를 받으며 감독에게 계속 뛸 수 있다는 의사 표시를 하는 것 같았다.

대일이가 밖에서 치료를 하고 회복하는 동안 코너킥이 진행되었다. 상대편에서 멋지게 차 올린 공을 장신의 공격수가 그대로 방아 찧듯이 골문 안으로 밀어 넣었다. 1 대 0.

대일이 나간 사이에 한 골을 먹었다.

대일이가 다시 경기장으로 들어오고 경기는 속개되었다. 일진일퇴의 공방전이 계속되었다. 대일이는 머리에 붕대를 친친 감고도 열심히 뛰어다녔다. 헤딩도 피하지 않았다. 공이 오는 장소에는 거의 대일이가 있었다.

어느새 나는 대일이와 동화되었다. 대일이는 바보가 아니었다. 아니 또 바보이기도 했다. 자신의 꿈을 향해 우직하게 다가가는 바보였다. 축구가 이렇게 재미있는 경기인지 처음 알았다.

"누군가를 믿고 의지하는 마음이 저 아이를 저렇게 바꿔 놓은 것 같구나."

집중한 나머지 박사님의 이야기가 귀에 잘 들어오지 않았다. 40분이 넘어가고 있었다. 아마도 전반전이 끝나면 저 빨간 옷을 입은 감독이 대일이를 교체할 것이 뻔했다. 상처도 입었으니 교체할 명분은 충분했다.

대일이가 공을 잡았다. 앞쪽의 미드필더에게 공을 보내라고 감독이 소리치고 있었다. 그런데 그보다도 더 큰 목소리가 관중석에서 들려왔다.

"달려! 그냥 달려! 테세우스! 미로를 빠져나가 미노타우로스가 있는 곳까지 달리라고!"

이건 무슨 소리야? 테세우스? 미노타우로스? 그리스 신화에서 읽은 것 같기는 한데……. 갑자기 축구 경기장에서 이런 엉뚱한 소리를 지르는 사람이 누구인지 궁금했다. 관중석 앞까지 뛰쳐나와서 한 아저씨가 고래고래 소리를 지르고 있었다. 축구 광팬인가 하고 생각했는데 얼굴이 눈에 익었다.

태형? 며칠 전에 한강에서 만났던 그 아저씨다. 팔자 편하게 자신이 누구인지 모르겠다고 걱정하던. 마음에 안 들던 이상한 사람. 저 아저씨는 또 대일이와 어떤 사이인 거야?

더 이상한 것은 아저씨를 바라보는 대일이의 태도였다. 아저씨가 소리 지르는 것을 쳐다보더니 갑자기 드리블을 하며 달려 나가기 시작했다. 감독이 뒤에서 소리를 질렀다.

"내 말 안 들려? 패스하라고. 패스! 앞에 성환이에게 패스하라고, 이 자식아!"

고등학교 운동장이라 관중석이라고 해 봤자 경기장 바로 옆에 스탠드가 몇 줄 세워져 있는 것이 전부였다. 그래서 아저씨의 목소리도 감독의 소리만큼 대일이에게 잘 들릴 것이었다.

"뛰어! 테세우스! 오 분도 안 남았어. 마지막 시간이야! 끝까지 뛰어!"

아저씨가 더욱 크게 소리를 질렀다.

대일이는 달렸다. 상대편 세 명이 둘러싸고 공을 빼앗으려 했지만 대일이는 다리 사이로 공을 빼내며 달렸다. 같은 편 선수들도 대일이와 함께 달리기는 했지만 대일이는 그들에게 공을 줄 생각이 없는 듯했다. 어디서 그런 힘이 났는지 경기장을 거의 끝에서 끝까지 가로지르며 달렸다.

앞에서 상대편 선수들이 태클을 했다. 상대편 발에 걸린 대일이는 조금 비틀댔다. 하지만 쓰러지지는 않았다. 그 많은 선수들 사이를 질풍처럼 뛰어가 대일이는 골라인 앞에까지 다다랐다.

"슛! 거기서 그냥 슛!"

아저씨가 고래고래 소리를 질렀다.

대일이는 앞에 수비수 한 명과 골키퍼까지 있는 상태에서 바로 슛을 날렸다. 그 순간은 마치 슬로비디오 같았다. 공은 아름다운 궤적을 그렸다. 직선인 듯, 포물선인 듯 그렇게 날아간 공은 깨끗하게 상대편 골문 안에 꽂혔다.

잠시 아무도 소리를 내지 않았다. 모두 숨을 멈춘 듯 짧은 정적이 흐른 후 같은 편 선수들이 대일이를 향해 달려왔다. 소리를 지르며 대일이를 껴안고 웃었다. 축하의 표시인지 다들 대일이의 머리를 툭툭 쳤다. 감독 혼자만 표정이 좋지 않았다.

내 눈에 순간적으로 대일이가 하늘을 나는 듯이 보였다. 대일에게서 환한 빛까지 났다.

"박사님, 보셨어요? 혼자서 여기서 저 끝까지 달려갔어요. 텔레비전에서도 이런 것은 본 적이 없어요. 대일이 정말 대단한 것 같아요!"

나는 들떠서 박사님에게 소리를 질렀다.

"그래, 정말 그렇구나. 정말 즐거워 보였다. 방금 그 질주는……."

"그렇죠? 정말 멋있었죠? 대일이는 계속 뛸 수 있겠죠? 후반전에도?"

"아니, 그렇지는 않을 거다. 축구란 것이 골만 넣는다고 잘한 것이 아니란다. 학생인 경우에는 더욱 그렇지. 감독이 시킨 대로 하지 않았으니 더 뛸 수는 없을 거다."

"아무리 그래도, 그래도……."

눈물이 터져 나왔다. 왜 이제야 눈물이 흐르는지 이상할 정도였다. 대일이가 골문을 향해 달릴 때 이미 눈물이 나왔어야 했다.

"그만 울어라. 저 아이는 아마 행복했을 거다. 난생처음 경기를 뛰었고 골까지 넣었다. 아마 저 아이도 알고 있을 거다. 오늘 뛰는 경기가 이 축구부에서 처음이자 마지막 경기가 되리란 것을. 그래서 저렇게 달렸을 거다. 젊음이란 그런 거다. 순간을 위해서 기관차처럼 달리는 것, 그런 것이 젊음이지."

후반전이 시작되었다.

박사님의 말대로 대일이는 보이지 않았다. 다른 아이가 그 자리를 대신하고 있었다. 나는 멍하니 박사님과 자리를 지키고 앉아 있었다.

"나도 그렇게 살 수 있을까요? 기관차처럼?"

"물론이다. 네가 바보라고 부르는 아이도 그렇게 살고 있는데 네가 그렇게 살지 못할 이유가 무엇이냐?"

"다리가 이래도 그럴 수 있을까요?"

"다리가 아프니까 한자리에 오래 있을 것 아니냐? 그러면 그림을 더욱 진중하게 그릴 수 있겠지."

"잘 돌아다니지도 못하는데 다양한 그림을 그릴 수 있을까요?"

"그 대신 넌 사람 보는 눈을 떴잖느냐. 대일이를 보고 그것을 느끼지 않았느냐. 사람의 가슴속에 들어갔다 나오는 것이 얼마나 가슴 뛰는 즐거움인지를 말이다."

"나도 대일이처럼 누군가의 가슴을 뛰게 만들 수 있을까요?"

"대일이가 축구로 그런 모습을 보여 줬다면 넌 그림으로 보여 줄 수 있다. 축구만이 아니라 삶 자체가 가슴 뛰는 일 아니더냐."

"박사님은 나이도 얼마 안 된 것 같은데 왜 그렇게 늙은 사람처럼 말하세요?"

"너보다는 많다. 충분히 늙었지. 오늘은 들어가서 쉬어라. 내일 마지막 약속을 지키자. 네 초상화를 그리게 해 주겠다는 약속 말이다. 내일 완성하도록 하지."

"아직도 그림에 미련이 남으셨어요? 이제 미련을 버릴 때도 된 것 같은데요?"

"아니다. 내 작품을 완성하려면 마지막 도움이 필요하다. 내일 오전에 집 앞으로 갈 테니 기다려라."

그림을 그리겠다는 박사님의 꿈은 여전했다. 그림 실력도 여전하다는 것이 문제이기는 하지만. 박사님의 그림 솜씨는 아무 상관없었다. 오늘 난 가슴에 뜨거운 태양 같은 무언가를 안고 집으로 돌아왔다.

기관차같이 질주하는 젊음이란 것을 말 그대로 보여 준 대일이를 가슴에 품으니 무엇이라도 할 수 있을 것 같다는 생각이 들었다. 자신만의 영웅을 갖는다는 것이 이렇게 소중한 느낌인 줄 처음 알았다.

배가 고팠다. 집으로 돌아왔을 때는 이미 오후 2시가 넘어가고 있었지만 하루 종일 아무것도 먹지 않았다. 엄마가 차려 놓은 아침밥이 식탁 위에 그대로 있었다. 밥을 허겁지겁 먹었다. 식은 미역국을 데우지도 않고 그냥 먹었다. 김치도 맛있고 마른 오징어를 고추장에 무친 반찬도 맛있었다. 밥을 두 그릇째 펐다. 미역국을 후루룩 소리가 나게 떠먹었다. 김치를 씹으니 아삭하는 소리가 귓가에 울렸다. 마른 오징어는 딱딱해서 몇 개 집어 먹었더니 턱이 얼얼했다.

밥을 먹고 공허한 집을 천천히 둘러보았다. 그동안 들어가 보지 않던 안방에 들어갔다.

이불은 개키지 않은 상태로 펴져 있었다. 이불이 쓸쓸해 보였다. 이불을 바라보자 아빠와 엄마의 흔적이 보였다. 아마도 아빠는 엄마에게 팔베개를 해 주셨나 보다. 아빠의 팔이 이불을 누른 자국이 그대로 남아 있었다. 가게에 가 봐야 할 것 같았다.

거의 구멍가게에 가까운 우리 슈퍼마켓은 언덕 조금 아래쪽에 있었다. 언덕 많은 달동네라 대형 슈퍼마켓이나 체인점이 들어오지 않는 것이 우리에게 다행이라고 했다. 우리 가게는 이 작은 동네의 백화점이었고 사랑방이었다. 가게 앞에 놓인 작은 평상에는 항상 몇 분의 아주머니들이 앉아 있었다. 엄마도 가끔은 그 평상에 앉아서 동네 아주머니들과 수다를 떨곤 했다.

그 모습을 본 지도 몇 년이 지난 것 같다. 다리를 핑계로 가게에 가는 것을 피했다. 작은 의자에 앉아 있으면 동네 사람들이 나를 보고 혀를 차는 것이 싫었다. 누군가 도와주었으면 하고 바랐지만 정작 동정은 싫었다.

목발을 비틀거리며 가게 앞까지 왔다. 오늘은 아무도 평상에 앉아 있지 않았다. 오늘만 사람이 없는 것인지, 아니면 평상이 더 이상 동네 사랑방 역할을 하지 않는 것인지는 알 수 없었다.

평상 옆으로 무와 배추 그리고 몇 가지 채소가 가지런히 놓여 있었다. 아빠가 아침마다 작은 화물차를 타고 가락동에 가서 받아 오는 채소들이다. 엄마는 혼자 가게에 앉아 있었다. 작은 라디오에서 흘러나오는 음악 소리가 엄마가 즐기는 여흥의 전부인 것 같았다.

가게 안으로 들어서자 엄마는 약간 놀란 눈치였다. 엄마는 앉아 있던 의자를 나에게 내밀었다.

"아빠는?"

"물건 받으러 갔지. 물건 실은 트럭이 이 동네까지 잘 안 오려고 하거든. 빼먹을 때도 있고."

"비효율적이네. 아랫동네에만 있었어도 이런 작은 가게에 두 명이나 붙어 있을 필요는 없었을 텐데."

"그러게 말이다. 그래도 덕분에 동네 사람 전부 우리 가게에서 물건을 사서 우리도 살 수 있는 거니까 고맙게 생각해야지."

"그것도 그러네."

나는 말을 쉽게 꺼내지 못했다. 엄마도 더 이상 말을 잇지 못했다. 아무래도 어색한 것이다. 내 낯선 행동이 이곳을 낯선 장소로 만들고 말았다.

"엄마는 언제 영화 봤어?"

"글쎄, 잘 기억이 안 나는데. 너 낳고 나서는 한 번도 안 본 것 같은데?"

"가게 내가 볼 테니까 아빠랑 언제 영화라도 보고 올래?"

엄마는 아무 말 하지 않았다. 약간 놀란 듯도 했다. 나는 말을 이었다.

"뭐 나도 집에만 있으니까 답답하고, 가게라도 보고 있으면 괜찮을 것 같아서. 내가 시간 맞춰서 가게 보면 아빠도 그 시간에 다른 부업을 하든지 할 수 있을 것 같아서……. 사람이 잠은 자야 할 거 아냐."

"그림은 언제 그리려고?"

"내가 그림에 환장한 사람도 아니고, 시간 내서 그리면 되지 뭐. 그리고 요즘은 사람이 재미있더라고. 여기 앉아 있으면 동네 사람은 다 만날 거잖아. 그 사람들도 그릴 수 있고, 좋지 뭐."

엄마는 말을 아꼈다. 그러곤 무심한 듯 말했다.

"고맙네, 우리 딸."

엄마는 그렇게 내 뜻을 다 알고 있는 것 같았다. 하지만 아무래도 우리 가족은 말을 좀 늘려야 할 것 같다. 서로의 뜻을 가슴으로 알고 있다고 해도 이렇게 말이 툭툭 끊어지다니. 물론 그 이유야 내게 있을 테지만.

"방학이니까 아침에는 내가 나와 있을게. 그때는 손님도 적을 테니까. 물건 위치랑 가격만 알아 두면 되잖아."

그때 아빠가 커다란 상자를 들고 들어왔다. 아빠의 티셔츠에 길게 땀이 흐른 자국이 나 있었다. 아빠도 나를 보고 놀란 듯했다.

"여보, 우리 딸이 우리를 도와서 가게를 봐 준대요."

아빠는 말없이 나를 한참 바라보았다. 그러고는 말했다.

"우리 딸, 다 컸네. 좀 안아 봐도 될까?"

나는 앉은 자리에서 두 팔을 벌렸다. 아빠는 다가오더니 어색하게 나를 안았다. 나는 일부러 더 팔에 힘을 줘서 아빠를 꼭 안았다. 아빠에게서 땀 냄새가 났다. 아빠가 살짝 몸을 뺐다.

"아, 덥다."

아빠는 손으로 부채질을 했다. 얼굴이 붉었다. 그러고는 내 눈을 바라보지 않았다. 손을 눈가로 가져가지 않으려고 일부러 밖을 내다보았다. 그 행동이 무엇을 의미하는지 나는 잘 알고 있다.

"물건 정리해야지. 요즘은 날이 더워서 빵 같은 건 조금씩밖에 못 가져오겠어."

아빠는 물어보지도 않은 말을 짐짓 하면서 상자에서 물건을 꺼내 정리하기 시작했다. 엄마는 조용히 미소를 지었다. 내가 실제로 가게에 나와서 도와준다고 얼마나 도움이 될지는 잘 모르겠다. 하지만 엄마, 그리고 아빠와 공감하고 더 많은 시간을 나누며 이야기할 수 있는 계기는 충분히 될 것 같았다.

'나 혼자 충분히 세상을 살 수 있어. 이제 당당하게 사람들 속으로 뛰어들 거야.'

나는 속으로만 말했다. 이 말을 겉으로 내뱉으면 아빠와 엄마는 분명 눈물을 흘릴 것이다. 그러잖아도 쑥스러운 분위기가 더 심각해질 것이다.

오늘은 평상에 앉아서 남은 하루를 보내야겠다는 생각이 들었다. 목발을 짚고 집으로 향했다. 스케치북을 들고 다시 이곳으로 돌아오리라, 나 혼자의 힘으로.

휴대 전화가 울렸다. 박사님이다.

"마지막 그림을 그리러 가자. 장소는 내가 정한다."

언제나 장소는 박사님이 정했는데, 새삼스럽기는.

"예, 알겠습니다. 어디로 모실까요?"

"목소리가 좀 밝아졌구나. 준비물은 스케치북, 연필, 지우개. 집 앞에서 기다리마."

박사님을 만나려고 집 앞으로 나갔다.

박사님은 도대체 몇 벌을 가지고 있을까 의문이 드는 하얀색 와이셔츠에 검은색 바지를 입고 있었다. 생각해 보니 처음 만났을 때도 똑같은 차림이었다. 한여름인데도 반팔을 입지 않고 긴팔을 몇 번 접어 입었다. 그래도 항상 그날 아침에 다린 것처럼 하얗고 주름도 없었다. 천 자체가 주름이 지지 않는 것일 수도 있었다.

햇살을 받은 박사님의 와이셔츠가 밝게 빛났다. 저 빛나는 옷에 어울리는 미소를 띠면 좋으련만.

나는 어디로 향할지 묻지 않았다. 어차피 오늘은 모델로서의 역할에 충실할 생각이었다. 사람을 바라보겠다고 결심하고 나니까 굳이 자연을 찾으러 가야 할까 하는 생각도 들었다. 오후에는 가게에 나가 진열된 물건의 값을 알아보기로 했다. 아빠는 처음에는 한사코 가게에 오는 것을 반대하다가 결국 하루에 한두 시간씩 엄마에게 휴식을 주는 선에서 타협을 보자고 했다.

박사님은 내리막길에서 업어 주겠다는 말을 하지 않았다. 대신 목발 하나를 건네받고 어깨동무를 해서 부축했다. 이런 식으로 부축하면 옆 사람의 얼굴이 보여서 껄끄러웠는데, 지금은 같이 걷는 느낌이 들어 괜찮았다.

언덕 아래 큰길에서 익숙한 버스에 올라탔다. 내리기 편한 중간쯤에 위치한 장애인석으로 가니까 앉아 있던 학생이 자리를 비켜 주었다. 나는 고맙다고 인사하고 미소를 지었다. 내 나이 정도 되어 보이는 학생의 얼굴이 빨개졌다.

박사님이 내리라고 한 곳은 눈에 익은 한강시민공원이었다. 며칠 전에도 박사님과 그림을 그리러 왔는데 같은 곳을 연속으로 왔다.

"박사님은 이곳이 좋은가 봐요?"

"좋다기보다 할 일이 있다고 표현하는 쪽이 나을 듯한데."

알 듯 모를 듯한 이야기를 하다가 박사님과 자리를 잡고 앉았다. 벤치에 스케치북과 화구들을 내려놓고 얌전히 자세를 잡았다. 박사님이 나를 잘 그릴 수 있도록 차분히 앉아 있었다.

하지만 박사님은 그림을 그릴 생각은 하지 않고 왔다 갔다만 했다. 내가 가만히 앉아 있는 것을 보더니 왜 그러고 있느냐는 눈빛을 보냈다.

"오늘 마지막으로 제 초상을 그린다고 하셨잖아요. 왜 그렇게 왔다 갔다 하기만 하세요?"

"네 그림을 그리려면 도구가 필요한데, 그게 아직 도착하지 않았다. 조금 기다려야 한다."

"도구요? 무슨? 간단한 도구라면 저도 있는데요?"

"그렇게 쉽게 구할 수 있는 도구가 아니다. 잠시만 기다려 봐라."

도대체가 알 수 없는 사람이다. 그러고 보면 박사님이 무슨 목적으로 나에게 이렇게 잘해 주는지 이유를 모르겠다. 우연히 만나서 그날부터 계속 나를 도와주었다. 인생의 참 기쁨이 무엇인지 어렴풋이 느끼기 시작한 순간에도 박사님이 옆에 있었고, 이끌어 주었다. 그러면서도 본인은 누구인지 전혀 밝히지 않았다. 박사님이라고 부르라는 말밖에 듣지 못했다. 실제 이름이 무엇인지, 김 박사인지 박 박사인지, 난 아무것도 모른다.

오늘도 날은 맑았다. 반짝이는 강물로 고개를 돌리는데 그 순간에 박사님이 소리쳤다.

"이쪽이다. 이리로 오게."

어제도 봤던 아저씨였다. 목청 높여서 대일이를 응원하던 그 아저씨. 벌써 사흘째 마주치고 있다. 나약하고 스스로는 아무것도 결정하지 못하는 어른.

"자, 이제 네가 태형 군의 초상화를 그려라. 초상화를 그리는 너를 그리는 것이 내가 생각한 구도다."

"그러면 도구라고 했던 것이……."

나는 거기서 말을 줄였다. 아무래도 도구라는 말을 듣고 기분 좋아할 사람은 없을 것 같아서였다.

아저씨는 나를 보더니 머뭇거렸다.

"태형 군, 이리 와서 아이의 모델이 되어 주게. 내가 좀 할 일이 있어서 말이야."

아저씨는 어색한 웃음을 흘리더니 자리를 잡았다. 말이 상당히 적은 사람이다. 전에도 그랬지만 나와 한마디도 하지 않았다.

이건 데자뷔도 아니고 정말로 이틀 전에 한 일을 똑같이 반복하고 있다. 연필로 아저씨의 윤곽을 쓱쓱 그렸다. 그리고 눈, 코, 입의 위치를 잡았다. 눈을 그리려고 아저씨의 눈을 바라보았다. 어제 운동장에서 소리치던 그 모습이 생각났다.

"아저씨, 결혼했어요?"

태형 군이라고 불린 아저씨는 당황한 모습이었다. 얼굴이 빨갛게 되더니 겨우 입을 열었다.

"예."

"저보다 나이도 많은데 말 놔도 돼요. 박사님이 아는 분이니까 저도 아는 분이라고 생각하죠 뭐."

고개를 돌려 박사님을 쳐다보았다. 왠지 모르게 미소를 짓고 있었다.

미소를 짓는다? 그 모습에 충격을 받았다. 이제까지 감정이라곤 없는 사람처럼 한 번도 웃은 적 없는 분이 ─ 한 번 비웃음을 보인 적이 있기는 하다 ─ 지금 분명 미소를 짓고 있다. 아주 흐릿하지만 입꼬리가 올라가 있었고 눈도 반달이 돼 있었다. 박사님이 웃으면 괴기 영화를 본 느낌이 들 것이라고 생각했는데, 의외로 사람의 미소는 다 보기 좋았다.

나는 고개를 돌려 아저씨를 다시 바라보았다.

"혹시, 박사님이 웃는 것 본 적 있으세요?"

"웃어요?"

아저씨도 깜짝 놀라 고개를 돌려 박사님을 보았다. 박사님은 뭐가 좋은지 미소를 담뿍 담고 그림을 그리고 있었다.

"희한한 일이네요."

"그렇죠?"

박사님의 미소 덕분에 말을 몇 마디 나눌 수 있었다. 생각보다는 말을 잘하는 사람이었다. 몇 마디 대화를 통해서 알아낸 것은 결혼은 했지만 자식은 없다는 것, 여의도에 있는 작은 회사에 다니고 있다는 것 정도였다. 그제야 겨우 말을 놓기 시작했다.

"대일이와는 어떤 관계예요?"

"별 관계는 아니고, 내가 그냥 도와준다고 해야 하나? 지켜봐 주는 정도? 그냥 그 아이를 보고 있으면 마음이 풀리고 나도 뭔가 하고 있다는 생각이 들어서."

"좋으신 분이네요, 생각과는 다르게."

"응? 어떤 생각을 가지고 있었는데?"

"어른이면서 어른답지 않은 사람이라고 할까요? 자신에 대해 모르겠다고 고민하는 사람은 책임을 지지 않으려는 사람뿐이에요. 왜 자신을 몰라요? 자기가 몰라도 주변 사람들이 다 알고 있는데요. 아저씨의 부인도 아저씨를 알 거고요. 저기 있는 박사님도 아저씨를 알 거고요. 저도 아주 일부분이지만 알고 있고요. 특히 대일이에게 아저씨는 아주 커다란 일부일 거예요. 다른 사람에게 커다란 존재가 된다는 것만으로도 아저씨는 충분히 존재의 가치가 있어요."

아저씨는 아무 말이 없었다. 뭔가를 생각하는 모양이었다. 별 볼 일 없어 보이는 사람이지만 누군가에게 도움이 되고자 노력하는 모습을 보고 나니 뭔가 용기를 주고 싶었다. 그래서 그림을 조금 수정했다.

수정한 그림을 아저씨에게 보여 주었다. 아저씨와, 이야기를 듣고 느낌으로만 그린 아저씨의 부인이 서로 마주 보고 있는 그림이었다. 두 사람이 한 손은 서로의 어깨에 올리고 한 손은 한 아이의 어깨에 올리고 있는 그림을 그렸다. 아이의 등에는 작은 날개를 그렸다.

"아저씨는 천사를 키울 수 있을 거예요. 진짜 천사든, 마음의 천사든. 이 그림, 선물로 드릴게요."

아저씨는 그림을 멍하니 바라보며 아무 말도 하지 않았

다. 손이 살짝 떨리는 것처럼 보였다.

"고맙다. 정말 고맙다."

고맙다고 말하는 아저씨의 목소리도 떨리고 있었다. 뭐가 그렇게 고마울까? 짧은 시간에 크로키하듯이 쓱쓱 그린 그림을 들고 아저씨는 명작을 바라보는 듯한 표정을 지었다.

아저씨는 박사님을 보고 말했다.

"박사님, 저 가 볼게요. 급한 약속이 생각났어요. 그리고 오늘 제 반쪽을 찾았어요. 어제 반쪽을 찾았고 오늘 나머지 반쪽을 찾았어요."

아저씨는 나에게 손을 살짝 흔들어 인사하고는 돌아서 갔다. 가면서 손에 쥔 그림을 몇 번이나 보았다. 역시 이해할 수 없었다.

그리고 이해할 수 없는 또 한 명의 인물이 옆에서 그림을 들고 왔다.

"어허, 태형 군에게 줄 것이 있었는데 그냥 가 버렸네. 내일 줘야겠구면."

박사님은 멀어져 가는 아저씨를 보며 중얼거렸다. 그러곤 다시 돌아서 말했다.

"자, 이제 내 작품을 좀 봐 주겠나?"

이번에는 나를 또 얼마나 이상하게 그려 놨을까, 생각하면서 그림을 보았다. 그런데 아까 내 그림을 보고 아저씨가 한 행동을 내가 똑같이 하고 있었다. 나는 그림에서 눈을 뗄 수 없었다. 투박하고 거친 그림이지만 그곳에는 생기가 넘치는 한 아이가 있었다. 눈동자는 기쁨에 차 있고, 입은 앙다물고 있지만 금방이라도 웃음이 터져 나올 것 같은 표정이었다. 그리고 정말로 나를 닮았다.

"이게 저예요?"

이전과는 다른 의미로 질문했다.

"드디어 내 작품을 완성했다. 그동안 이 작품을 완성하려고 부단히 노력했는데 오늘에야 이 표정을 얻을 수 있었다."

"이, 이거 저 줘요."

"안 된다. 내 작품은 내가 보관한다. 그리고 이제 너에게 이런 그림 필요 없다. 이제 수시로 이런 표정을 지을 수 있을 테니 말이다."

그런가? 이제 그렇게 할 수 있을까? 아마 할 수 있을 거야. 아마도 그럴 거야.

박사님과 함께 돌아와 집 앞에서 인사를 하고 헤어졌다. 박사님의 휴대 전화 번호를 가지고 있지만, 왠지 박사님을 다시는 만나지 못할 것 같은 느낌이 들었다. 그래서 사라지는 박사님의 뒷모습을 물끄러미 바라보았다. 그때 박사님의 바지 뒷주머니에서 뭔가 툭 떨어졌다. 주워서 박사님을 쫓아갔지만 내 걸음으로는 무리였다.

　박사님이 떨어뜨린 것은 주민등록증이었다. 젊은 박사님의 얼굴이 그곳에 있었다. 가까이 들여다보다가 난 웃음을 터트리고 말았다. 꼭 박사님을 만나 돌려줘야겠다. 그리고 오늘 저녁에는 가게에 가 봐야겠다.

태형의 세계

　내 이름은 태형. 아무 걱정 없이 살 것 같은 평범한 삼십대 직장인이다. 아무 걱정도 없을 것 같은 그 모습이 나는 걱정이다.

　점심시간만 되면 속이 더부룩하다. 이상하게 그렇게 되었다. 가장 신경이 쓰이는 시간이기도 하다.

　우리 사무실은 섬유를 수출하는 작은 무역상이다. 경리를 맡아 보는 여직원과 나 그리고 사장님, 이 세 명이 함께 일한다. 사장님은 항상 바쁘다. 사무실에 잠깐 얼굴을 비추고 업무 사항을 지시한 다음 매번 외출을 한다. 같은 직종 사람들도 만나고 대구에 있는 공장장들을 만나러 출장도 자주 간다. 여직원은 옆 사무실에 있는 다른 여직원과 예전부터 친구인 모양이다. 그래서 항상 둘이 밥을 먹으러 나

간다.

그래서 나는 점심을 혼자 먹어야 한다. 혼자 먹기 싫어서 속이 더부룩해지나 보다.

어느 때부터인지 하루 두 끼를 먹는 게 습관이 되었다. 아침에 아내가 차려 주는 밥상 — 이 부분에 대해서는 결혼 초부터 항상 고맙게 생각했다 — 과 저녁때 친구들과 어울려서 먹는 한잔의 술. 보통 이렇게 생활이 굴러간다.

점심은 산책 시간이다. 마침 사무실이 한강공원에서 가까워 점심시간이면 30분 정도의 산책이 가능하다. 산책을 하다가 벤치에 앉아 멍 하니 쉬었다.

서른한 살에 결혼해서 이제 서른일곱 살이 되었다. 그동안 아이를 낳으려고 노력했지만 실패했다. 병원에 가는 것도 무서웠다. 혹시 둘 중 한 명에게 아이를 갖지 못하는 문제라도 있는 것이 아닐까? 그렇다고 해도 문제였고, 그렇지 않다고 해도 문제였다. 그렇지 않다고 하면 문제점을 찾기가 더욱 어려워지기 때문에 속만 타들어 갈 수 있었다.

아이라도 있었으면 이런 공허함이 없어졌을까? 스스로 반문해 보았지만 역시나 답을 찾을 수 없었다. 나는 무엇 때문에 사는 것일까? 나는 과연 무엇 때문에 존재하는 것일까? 보통 이런 고민은 사춘기 때 끝내는 것이 정석이지만 서른 중반을 넘긴 지금까지도 이런 질문이 머릿속에서 사라지지 않는 것은 아무 생각 없이 삶을 살아왔기 때문일 것이다.

한 줄기 땀이 등을 타고 내려간다. 땀이 그렇게 흘러내리면 소름이 끼친다. 아내가 곱게 다려 준 와이셔츠는 어느새 구김이 가 있었다.

"사람이 옆에 앉으면 인사 정도는 하는 게 예의 아닌가?"

소리가 나는 쪽을 돌아보았다. 머리가 희끗하고 약간 마른 듯한 중년의 신사가 어느새 옆에 앉아 있었다. 화가 난 것 같지는 않았지만 표정은 매우 진지했다. 보통 이런 다툼으로 말이 길어지면 불리한 것은 젊은 측이기에 나는 고개를 꾸벅 숙여서 인사했다.

"고맙네. 아주 적은 양이지만 예의는 있는 젊은이로군."

나는 그저 머쓱한 미소를 지었다. 괜히 이런 사람과 말을 섞으면 말만 길어지게 마련이다. 게다가 이런 어정쩡한 나이의 사람은 할아버지라고 부르면 화내고 아저씨라고 부르면 기분 나빠 한다. 말을 붙이고 싶어도 적당한 호칭이 없다.

"자네는 취미가 뭔가?"

처음 보는 사람에게 취미가 뭐냐고 묻는 사람은 흔치 않았다. 그래서 말문이 막힌 점도 있었지만 곰곰 생각해 보니 취미가 없었다.

"취미는 없는데요."

"그렇군. 요즘의 보통 사람과 마찬가지로 취미가 없군. 나는 요즘 그림 그리기를 취미로 시작했는데 말이야, 나름 대로 재미있더군."

"좋은 취미를 가지셨네요."

가시방석에 앉은 것 같았다. 시점을 잘 포착해서 이 자리를 빠져나가고 싶었다. 갑자기 말을 끊고 자리에서 일어서면 버릇없어 보일 것 같아 말이 없어지기를 기다렸다.

조금 기다리자 보통 귀신이 지나갔다고 표현하는 것처럼 잠시 말이 끊어졌다. 이 틈을 타서 일어서려고 했다. 그러나 뭐라고 인사를 하면 좋을까 망설이는 순간에 다시 기회를 놓치고 말았다.

"아직 점심시간도 많이 남았는데 그냥 앉아 있지 그러나? 처음 만난 사람과 이야기하는 것이 불편하리라는 상식쯤은 나도 있네."

속마음을 들키고 나니 이제 더욱 일어날 수 없게 돼 버렸다. 언제부터일까, 이렇게 이러지도 저러지도 못하는 삶을 살기 시작한 게.

노신사와의 대화는 생각지도 않은 이유 때문에 끝났다.

부우웅.

갑자기 뒤에서 요란한 소음이 났다. 한강둔치 길은 오토바이 같은 것을 타고 들어오면 안 되는 곳이다. 그런데도 그것을 무시한 세 대의 오토바이가 굉음을 울리고 있었다. 언뜻 봐도 1,000CC가 넘을 듯한 커다란 오토바이였다. 게다가 옷도 가죽으로 통일해서 위압감을 주었다. 자기들끼리 뭔가 정비하는지 엔진을 켜 놓고 시동음을 계속 울려 대고 있었다.

더 이상 이곳에서 대화한다는 것은 불가능했다. 나는 옆의 노신사에게 양해를 구하고 자리를 피하려고 했다. 그런데 노신사는 나에게 신경도 쓰지 않고 당당하게 세 명의 오토바이 주인에게 걸어갔다.

뭔가 이야기하는 것처럼 보였지만 소음 때문에 알아들을 수가 없었다. 노신사의 뒷모습은 허리도 꼿꼿했고 어깨도 생각보다 넓었다. 머리만 검다면 젊은 사람이라고 해도 믿을 만한 당당한 자세였다.

아까 나에게 예의를 이야기했듯이 시끄러운 오토바이에 대해 이야기를 하리라 짐작했다. 폭주족처럼 차려입은 오토바이 주인들이 노신사의 말을 들을 리는 만무해 보였다. 오히려 해나 당하지 않으면 다행이겠다는 생각이 들었다. 그냥 이 자리를 피할 것인지 또 망설여졌다. 오늘 처음 만난 사람이지만 노신사를 그냥 두고 간다면 뒤통수가 근질거릴 것 같고, 그렇다고 가서 도와줄 용기도 없었다. 조용히 저 폭주족들이 물러나 주기만 바랄 뿐이었다.

노신사가 몇 마디 말을 하다가 오토바이 쪽으로 오더니 꽂혀 있는 키를 뽑아 버렸다. 그러자 소음이 뚝 끊어졌다.

"이봐, 할아버지. 좋은 말로 할 때 그 열쇠 내놔요."

"조용히 이 바이크 끌고 나가면 그때 키를 돌려주지. 주위 사람들 방해되니까 엔진 켜지 말고 그냥 끌고 나가는 것이 좋을 듯하네."

바싹 마르고 선글라스를 낀 사내가 뒤쪽에 서 있다가 앞으로 나서며 험한 말을 늘어놓았다.

"이 영감탱이가 좋은 말로 하니까 안 되겠구먼. 당장 꺼지쇼. 우리도 볼일 보고 빨리 나갈 테니까 더 이상 험한 꼴 보지 맙시다."

"이런 바이크를 몰고 다닐 정도면 사회적으로도 어느 정도 지위가 있는 사람들일 텐데. 소음이 큰 건 물론이거니와 여기는 바이크가 들어오면 안 되는 장소요. 꺼져야 할 사람은 그쪽 같소."

나는 112로 전화를 걸까 망설이고 있었다. 신고했다가 괜히 나에게까지 화가 미치는 것은 아닐까 하여 망설여졌다. 이런 일조차 망설이는 내 자신이 미웠다.

바싹 마른 사내가 더는 못 참겠다는 표정을 지으며 노신사의 어깨를 밀려고 손을 뻗었다. 순간 노신사는 몸을 빙글 돌리더니 어깨를 밀려는 사내의 뒤통수를 힘껏 밀었다.

사내는 넘어지지 않았지만 비틀거리며 한참을 달리다가 겨우 중심을 잡았다. 아프지는 않았겠지만 얼굴이 불쾌함으로 가득 차서 빨갛게 달아올랐다. 말다툼이 폭력 사태로 가는 전형적인 과정이 눈앞에서 펼쳐지려 하고 있었다.

마른 사내를 제외한 두 명은 적극적으로 개입하지 않고 있었다. 노인을 상대로 힘을 쓰기에는 주변의 시선이 껄끄럽기 때문일 것이다. 그 마른 사내의 협박에 노인이 순순히 물러나 주었으면 하고 바라는 모양새였다.

내가 보기에 가장 이상적인 결말은 폭주족 삼인방이 노신사에게 사과하고 물러나는 것이다. 그 결말로 가기에 가장 걸림돌이 되는 사람은 이미 자존심이 구겨진 마른 사내였다. 마른 사내도 주먹을 휘두르거나 직접적인 폭력을 쓸 생각은 없었을 것이다. 그러나 사내가 쉽게 물러나지 못할 상황이 연출됐다. 마른 사내는 주변을 둘러보았다. 나를 포함해서 몇몇 사람이 주시하고 있었다. 어떻게 될지 결말까지 보고 가려는 적극적인 방관자들이었다.

마른 사내는 실수로 넘어질 뻔했다는 듯이 한쪽 입꼬리를 올리며 피식 하고 가식적인 비웃음을 내뱉었다. 자신이 아직도 유리한 입장에 있다는 것을 상징적으로 보여 주기 위함이었을 것이다.

"이 노인네가 뭘 잘못 먹었나. 날도 더워서 좀 봐주려 했더니 안 되겠네."

사내는 허세를 부리며 노신사에게 다가갔다. 주변의 누군가 말려야 할 상황이었다. 하지만 누구도 나서지 않았다. 나처럼 점심시간을 이용해서 산책 나온 소심한 직장인들이 대부분인 이곳에서 영웅을 기대한다는 것은 부질없는 짓이었다. 물론 나도 그 부류에 포함된다.

사내는 노신사 바로 앞까지 다가가 손가락으로 노신사의 가슴을 쿡쿡 찌르며 말했다.

"당장 꺼지지 못해? 이 미친 노인네야. 노인이라고 공경받을 줄 안다면 큰 오산이야. 당장 꺼져!"

"뭐라고 불러도 좋은데 노인네라고 하는 것은 기분이 나쁘군. 박사님이라고 부르게. 그게 나한테는 편하니까."

"이 노인네 이거 미친 거 아냐? 여기서 자기소개하고 자빠졌네."

마른 사내는 다시 비웃음을 흘리면서 가슴을 쿡쿡 찌르던 손가락을 이마로 옮겨 갔다. 이마를 찔러서 모욕을 주고 싶은 듯했다. 사내의 손가락이 닿기 직전, 노신사의 오른손이 번개처럼 움직였다. 그리고 사내의 외마디 비명이 들렸다. 노신사는 사내의 손가락을 잡고 뒤로 꺾었다. 사내는 저절로 무릎을 꿇었다. 사내가 소리를 지르자 옆의 동료들이 달려들었다. 그러자 노신사가 소리를 질렀다.

"자네들은 폭력 조직이 아니라 바이크 동호회 회원들인 것 같은데, 왜 이리 험하게 구는가? 다들 집에 돌아가면 누군가의 아빠이고 남편들일 텐데, 그까짓 가죽옷 하나 입었다고 영화에서 보던 폭주족이라도 된 듯 착각한 것인가?"

노신사의 일갈에 두 명은 얼어붙은 듯했다. 노신사의 말처럼 그들은 적어도 서른다섯은 되어 보였고 멋모르고 설쳐 대는 십대 폭주족은 아니었다. 바이크가 좋아서 모인 사람들이 맞는 듯했다. 바이크와 가죽옷만 벗는다면 평범한 동네 아저씨가 더 어울릴지도 몰랐다.

자신을 박사로 불러 달라던 노신사는 마른 사내의 손가락을 놔주었다. 사내는 아직도 손가락이 아픈 듯 인상을 잔뜩 쓰고 있었다. 하지만 다시 달려들거나 하지는 않을 모양이었다. 기가 꺾인 것이다. 그 틈을 타서 뒤에 있던 두 사내가 마른 사내를 말리는 시늉을 했다.

그들은 절대 노신사에게 사과하지 않았다. 노신사도 사과를 받고자 하지 않았다. 다만 오토바이에 엔진을 켜지 않고 끌고 가는 것으로 사과를 대신한 것 같았다. 노신사는 그들이 소리를 내지 않고 끌고 가는 모습을 보더니 뒤를 따라가 열쇠를 주고 돌아섰다.

노신사가 나에게 다가왔다. 이마에 땀이 맺혔지만 평온

한 얼굴이었다.

"어디까지 이야기를 했더라?"

"글쎄요. 별말은 하지 않았는데요. 취미가 없다는 이야기밖에는⋯⋯."

"그렇지, 취미. 중요한 이야기네. 특공 무술을 취미로 했기에 아까 그 마른 장작 같은 녀석에게 본때를 보여 줄 수 있었지."

"조금 전에는 그림을 취미로 했다고⋯⋯."

"취미가 몇 개인가는 중요하지 않네. 무엇인가를 하는 순간 자기 자신을 잊어버릴 수 있다면 다 취미인 것이지. 그건 그렇고 자네 이름이 뭔가? 계속 자네라고 부를 수도 없고 말이야."

나는 이름을 알려 줄지 말지 망설였다. 처음 보는 사람에게 이름을 알려 준다는 것이 꺼림칙했다. 내가 답을 못하고 우물쭈물하자 노신사가 다시 말을 꺼냈다.

"이름도 알려 주지 못할 정도로 스스로에 대한 자신감이 없단 말인가? 자네 부모님이 이름을 지어 주었을 때에는 그 이름에도 자네의 자아를 집어넣었을 것이네. 보통은 그렇게 하네. 아닌 사람도 물론 봤지만."

"태형입니다. 김태형."

"태형이라, 볼기를 맞는다는 뜻의 태형은 아니겠지? 뭐

어쨌든 난 박사라고 부르게. 박사님이라고 부르면 더 좋겠지. 태형 군."

뭔가 앞뒤가 맞지 않아 보였다. 나에게는 이름이 어쩌고 말해 놓고 자신은 그냥 박사라고 부르라고 한다. 하지만 그것 갖고 따지고 싶은 생각은 없었다.

"그럼 내일 이 시간에 여기서 다시 보기로 하세. 난 바쁜 일이 있어서 이만 가 봐야겠네."

박사님은 그렇게 말을 남기더니 빠른 걸음으로 멀어져 갔다. 엉겁결에 이름을 알려 주고, 엉겁결에 약속이 생겨 버렸다. 사실 지켜야 할 이유도 없는 약속이었지만 누군가와 약속을 했다는 사실 자체가 지키는 것을 전제로 하기 때문에 기분이 고약했다.

다음 날, 점심시간이 되자 또 속이 더부룩했다. 아내에게 도시락을 싸 달라고 할까도 생각해 보았지만 도시락을 혼자 먹을 생각을 하니 그것도 할 짓이 아니었고 아내에게 미안하기도 했다.

아내는 결혼 후 직장을 그만두었다. 아이를 낳고 오순도순 잘 살아 볼 생각이었다. 아이가 아직까지 생기지 않다 보니 너무 성급하게 직장을 관둔 것이 아닌가 하는 생각도 들었다. 아이가 생기고 나서 직장을 그만두었어도 충분했다. 하지만 아내는 스트레스를 받는 상태에서 아이를 갖고 싶지 않다고 말했다. 나는 그 마음을 충분히 이해했다. 그만큼 아내는 아이를 원했다. 그런 아내가 요즘 직장을 알아보고 있다. 아직 포기를 논할 시기는 아니지만 조금씩 포기란 단어에 익숙해져야 하지 않을까 한다.

어제의 그 벤치가 보였다. 박사라고 불러 달라고 한 그 노신사는 아직 보이지 않았다.

강물에 비친 햇살이 반짝거렸다. 그러고 보니 아내가 요즘 왜 이렇게 얼굴이 탔느냐고 물었다. 지금 생각해 보니 점심시간의 산책이 그 원인 같다.

박사님이 어느새 나타났다. 나는 고개를 꾸벅 숙여서 인사를 대신했다. 반가워하기에는 아직 서로를 잘 알지 못했다. 박사님은 옆자리에 앉았다.

"자, 오늘은 무슨 일 때문에 날 찾아온 건가, 태형 군?"

적반하장도 유분수지. 분명 자기가 마음대로 약속해 놓고 나보고 왜 찾아왔느냐고 묻다니, 도대체 뭐라고 대답한단 말인가? 처음에는 이 노인이 농담하고 있는 것은 아닌가 생각했다. 하지만 박사님의 담담한 눈을 보고 있자니 농담이 아니라는 사실을 자연스럽게 깨달을 수 있었다. 정말로, 진심으로 내가 할 이야기가 있다고 믿는 눈빛이었다.

"저 할 이야기가 없는데요."

"이 세상에 자신의 이야기가 없는 사람이 어디 있나? 도 와준다고 생각하고 이야기해 보게."

갑자기 어떤 이야기라도 지어서 해 줘야 하는 것은 아닌 지 고민이 되었다. 박사님은 어린애 같은 눈으로 나를 바라 보며 계속 채근했다.

무슨 말을 해야 할지 계속 고민하다가 정말로 말할 게 없 다는 것을 알아 버렸다.

"정말 말할 것이 없네요. 누구나 뭔가 재미있는 일 한 가 지는 있는 법인데, 전 그냥 그냥 살고 있는 것 같아요."

"그냥 그냥 어떻게 살고 있나?"

"그냥 하루가 가면 내일이 오고, 내일이 지나면 모레가 오고. 아침이 되면 출근할 생각하고 출근하면 퇴근할 생각 하고. 아침을 먹고 나면 점심때 뭐 먹을까 생각하고, 점심 이 되면 이렇게 산책하면서 저녁에 뭐 먹을까 생각하고. 계 속 그런 삶이죠. 별 가치 없는 삶이네요."

"가치 있는 삶이란 무엇인가?"

"글쎄요, 나를 위해서, 아니면 누군가를 위해서 사는 삶 이겠죠?"

"그렇게 살면 될 것 아닌가?"

"육 년 동안 노력했지만 자식도 생기지 않고, 내가 뭘 원 하는지 전혀 모르니까 나를 위해서 살 수도 없고……. 좀 그러네요."

묻는 말에 대답하다 보니까 진짜 내가 한심해 보였다. 결국 할 줄 아는 것은 아무것도 없이 나이만 먹었다. 사회에 도움이 되지 않는 존재였다. 내가 아내 입장이라면 이런 부족한 남편은 사라져 주기를 바라지 않을까 하는 생각마저 들었다.

박사님은 나를 유심히 바라보았다.

"좀 도와주게. 요즘 취미로 소설을 쓰기 시작했는데 말이야, 주인공이 삼십대 보통 직장인이네. 직장인의 삶에도 드라마틱한 인생이 있을 것 같아서 소재를 잡았는데, 이렇게 아무 이야깃거리도 없으면 소설이 재미있겠나?"

또다시 취미다. 도대체 박사님은 취미를 몇 개나 가지고 있는 것일까? 난 취미가 하나도 없는데, 잠깐 만난 이분은 벌써 그림에, 무술에, 집필에……. 무슨 박사인지는 전혀 알 수 없지만 다양한 취미를 가진, 나와는 다른 사람이라는 것만은 확실했다.

"취미도 다양하시네요."

빈정거림이 아니라 정말 부러워서 한 소리였다.

"오늘 저녁에는 뭘 하나?"

"글쎄요. 친구들과 한잔하든지, 아니면 집에 들어가서 아내와 텔레비전이나 보겠죠."

"요즘 아내와 무슨 말을 하나?"

내가 요즘 무슨 말을 많이 할까? 그것도 딱히 없었다.

친구들은 이제 두세 살 먹은 자식들 이야기를 가장 많이 했다. 온통 신경이 아이에게 쏠려 있는 것 같았다. 돈을 열심히 버는 이유도 자식 때문이고, 넓은 집으로 가려는 이유도 자식 때문이고, 아내와 사이좋게 지내는 이유도 자식 때문이었다. 나는 그런 삶이 이해되지 않았지만 그렇게라도 삶의 목적을 갖고 싶다고 부러워하는 부분은 있었다.

"별로 특별한 이야기는 하지 않는 것 같은데요."

"이야깃거리가 있다면 좀 더 좋지 않겠나?"

"매일 회사 다니면서 똑같은 일을 하는데 이야깃거리가 생길 것이 있나요?"

"내가 만들어 주지. 오늘 저녁 여섯 시 삼십 분에 여기서 다시 만나기로 하지."

"저, 저는……."

"그렇게 고마워하지 않아도 되네. 내가 자네를 위해 특별히 시간을 내주는 것이기는 하지만 말일세. 그러면 난 바빠서 이만 가 봐야겠네."

어이가 없었다. 고맙다는 말을 하려던 것이 아니었는데 아주 주관적이고 독선적인 노인네였다. 내가 화를 잘 내는 사람이었다면 당장 쫓아가서 뭐라고 따지겠지만 여전히 난 어정쩡하게 앉아 멀어져 가는 박사님을 쳐다만 보았다.

약속 시간이 되었다. 나는 10분 정도 빨리 나와 박사님을 기다렸다. 5분만 늦으면 바로 집으로 갈 생각이었다. 아예 안 나오기는 꺼림칙했다. 그래도 '나는 기다렸다'고 자신에게 인정받고 싶어서 약속 장소에 나온 것뿐이다. 재미있는 이야깃거리라는 것이 무엇인지는 궁금하지도 않았다.

혹시 종교 단체에 끌려가는 것은 아닌가 하는 때늦은 걱정이 조금 일었지만 가장 큰 걱정은 나의 이런 우유부단한 성격이었다.

그러나 바람과는 무관하게 박사님은 정각에 나타났다. 무슨 일을 하는 분인지 궁금하기는 했다. 정신없이 돌아다니는 그런 사람 같지는 않았다. 흰색 와이셔츠는 느슨하게 단추가 풀려 있었지만 깨끗했다. 반백의 머리도 단정하게 손질돼 있었다. 대충 말린 머리가 아니라 신경 써서 왁스라도 바른 듯했다. 눈가의 주름도 흉하지 않았다.

다만 무표정한 얼굴이 묘한 인상을 주었다. 지금까지 흥분한 적도, 앞으로 흥분할 일도 없는 사람처럼 보였다.

"자, 그럼 이동하지. 이곳에서는 재미있는 일이 일어나지 않을 테니까."

"그럼 차를 가지고 올까요?"

"자네 차가 있나?"

"예, 근처 사무실에 세워 두었는데요, 필요하시면 가지고 올게요."

"아니, 그럴 필요 없네. 재미있는 일은 항상 과정에서 일어나는 법이거든. 결과가 재미있는 일은 별로 없네. 여행도 그렇지 않나? 과정을 즐기러 가는 것이지 결과를 즐기러 가지는 않잖나. 오늘은 대중교통을 타고 가도록 하세. 버스비는 내가 내지."

박사님은 큰 선심이라도 쓰는 양 버스비를 내준다는 말을 특히 강조했다. 보통 사람이라면 미소를 머금고 농담이라는 듯 분위기를 부드럽게 만들 테지만, 박사님은 한없이 진지한 모습으로 이야기했다. 따라서 난 고맙다고 고개를 숙일 수밖에 없었다. 게다가 고마움을 표하자 박사님은 당연히 그래야 한다는 듯 고개를 끄덕이기까지 했다. 역시 미소 한 점 없는 표정으로.

30분 정도 버스를 타고 가서 도착한 곳은 한 중학교였다. 박사님이 말했지만, 과정에서 뭔가 재미있는 일은 일어나지 않았다.

학교에 도착한 박사님과 나는 스탠드에 앉아 운동장을 내려다보았다. 박사님은 잠시 아무 말도 하지 않았다.

한 소년이 천천히 트랙을 따라 달리고 있었다. 나는 소년이 뛰는 것을 보며 몇 바퀴를 도는지 마음속으로 세고 있었다. 한 바퀴, 두 바퀴, 세 바퀴…….

"발견했나?"

"무엇을 말입니까?"

"여기에 왜 왔나?"

"재미있는 일 말인가요? 그거라면 없었는데요. 그냥 눈앞에 한 소년이 달리고 있는 운동장에서 재미있는 일이라고 해 봐야……."

사실 재미있는 일은 하나도 없었다. 지금까지 들은 이야기도 없었고 느낀 것이라고 해 봐야 운동장을 달리고 있는 소년이 체력이 매우 좋다는 것 빼고는.

그런데 뭔가 이상하기는 했다. 아무 생각 없이 바라볼 때는 몰랐는데, 지금 보니 묘한 위화감이 들었다. 자세히 보니 소년이 머리에 쓰고 있는 것은 모자가 아니라 곰 인형이었다. 코 부분이 삐죽이 앞으로 튀어나와서 난 당연히 그것이 야구 모자라고 생각하고 있었다. 아무래도 여름에 달리려면 햇빛을 가려야 할 테니까.

"이제 뭔가 상상력이 샘솟지 않나?"

박사님은 나의 생각을 눈치챈 모양이다.

"저 아이는 왜 곰 인형을 쓰고 달리고 있죠? 무슨 벌칙인가요? 뭔가 잘못해서 그런 건가요?"

"아니, 그건 아닐세. 왜 그러는 걸까? 태형 군이 한번 생각해 보게."

벌 받는 것이 아니라면 왜 머리에 곰 인형을 쓰고 이 더운 여름날 운동장을 달리고 있는 것일까? 일단 운동장을 달리고 있으니 운동을 하고 있는 것은 틀림없는 사실이다. 거기까지가 생각할 수 있는 한계였다.

"저 아이와 말해 보고 싶은가?"

"아니요. 궁금하기는 하지만 그렇게까지 관여하고 싶지는 않습니다."

"자네는 재미있는 이야기를 원하지 않았나? 자신에게 재미있는 이야기가 없다면 남에게서 찾아야지."

사실 재미있는 이야기는 박사님이 원하는 것 같았지만 어느 사이엔가 나도 재미있는 이야기를 찾는 사람이 돼 버렸다.

"대일 군, 이쪽으로 잠깐 오게. 소개해 줄 사람이 있다."

대일이라는 학생이 이쪽으로 다가왔다. 그제야 우리를 발견한 듯 인사를 했다.

"궁금한 것이 있으면 물어보게나."

박사님이 불쑥 말했다. 먼저 소개부터 해 줘야 하지 않나 생각하는데, 그러고 보니 박사님도 나에 대해 아는 것이 별로 없다는 생각이 들었다. 요즘 나도 내가 누구인지 잘 모르겠는 마당에 다른 사람이 날 잘 알 거라는 생각은 들지 않았다.

"어, 난 그냥 회사원이고 박사님이랑 아는 사람이야. 그런데 궁금한 게 있는데 왜 곰 인형을 쓰고 달리고 있니?"

학생이 나를 빤히 바라보았다. 뭔가 곰곰이 생각하는 것 같았다.

"햇볕이 따가우니까요."

"그러니까 왜 곰 인형을……."

같은 질문이 반복되려 하고 있었다. 이 아이는 곰 인형을 쓴 것이 이상하다고 느끼지 못하고 있었다. 질문을 바꿔 보기로 했다.

"모자를 써야 하는 것 아니야?"

"모자를 써도 되겠지요. 그런데 모자가 어떻게 생긴 것이지요?"

약간 정신적으로 문제가 있는 아이라고 생각됐다. 그런 생각이 들자 더 이상 이야기하기가 싫었다. 도와달라는 눈빛으로 박사님을 바라보았다. 하지만 박사님은 계속 다른 곳을 보고 있었다.

"그런데, 아저씨는 헤라클레스인가요?"

이건 또 무슨 소리지? 점점 더 대화하기가 힘들어졌다.

"아니, 난 그냥 평범한 직장인이야. 뛰어날 것 하나 없는."

"아니요, 아저씨는 헤라클레스예요. 아저씨는 아직 모르겠지만 전 그걸 알아볼 수 있어요. 그렇죠, 박사님?"

"그래, 넌 재능이 있다."

말려야 할 판에 박사님은 옆에서 더 부추기고 있었다.

"가서 계속 연습해라. 다음에 또 보자."

아이는 씩 웃음을 흘리고 나에게 악수를 청했다. 그러고는 사랑스러운 눈빛을 보냈다. 아이의 웃음 속에는 싱그러움이 담겨 있었다. 비록 그 아이가 곰 인형을 쓰고 있다 하더라도.

"어떤가? 집에 가서 할 말이 좀 생기지 않았나?"

"전 아직도 뭐가 뭔지……."

"별것 없네. 한 아이가 자네가 영웅임을 알아본 것이네."

"영웅이요? 전 요즘 제가 왜 살고 있는지, 누구 때문에 살고 있는지, 무엇을 하려고 사는지, 남들이 보면 고민이라고 할 것도 없는 그런 고민 때문에 잠도 못 자고 있는 사람이라고요."

"그래서? 그게 고민한다고 해결될 문제인가? 만약 그에 대한 답을 고민 속에서 찾을 수 있다면 그건 자네가 성인(聖人)이라는 뜻이네. 부처도 사십 일간 고민해서 해답을 얻었다네. 자네가 부처만큼의 혜안을 가졌다면 모르지만 그렇지 않다면 고민은 그저 고민일 뿐이네."

"그야 물론 그렇지만……."

"저 아이는 사고 때문에 머리를 다쳤네. 대뇌피질에 외상을 입었다네. 인간의 두뇌라는 것이 묘해서 아직도 어떤 부분이 어떤 역할을 하는지 거의 알려진 것이 없다고 하지. 저 아이가 다친 부분 어딘가에서 사물을 구별하고 상상과 실제를 구별하는 일을 하고 있던 모양이네. 그래서 곰 인형을 머리에 쓰는 물건이라고 착각하기도 하고, 실제 사람을 상상 속의, 이야기 속의 인물과 혼동하기도 하지. 그런데 신기한 것은 상상 속의 인물과 실제의 인물이 매우 비슷하다는 거네. 마치 예언을 하듯이 저 아이가 말한 인물의 성격은 실제 인물의 성격과 매우 흡사하네. 아마도 어떤 천재적인 직관이 작용하는 게 아닌가 싶네."

"박사님은 신경학 쪽을 연구하는 분이세요?"

"아니, 그냥 취미로 신경정신과를 수강한 적이 있네. 그때의 기억으로 말하는 것이네."

"또 취미군요."

"어떤가? 자네는 영웅 노릇 할 생각 없나? 저 아이가 자네를 영웅으로 보고 있으니 영웅 노릇 한번 해 보게. 저 아이를 도움으로써 자네가 삶의 목적을 찾을 수도 있을 것이네."

"전 그런 자질 없습니다."

영웅이라니? 평범한 사람이 될 자질조차 없을지도 모른다. 남들처럼 평범하게 사는 것도 이렇게 힘들어하고 있으니 말이다.

"자네는 자네가 누군지 궁금하다고 하지 않았나? 자네가 영웅일지 아닐지는 아무도 모르는 거 아닌가? 영웅이라고 하면 하늘을 날고, 눈에서 레이저가 나가고, 쫄쫄이 옷에 망토를 걸치고 다녀야 한다고 생각하는가? 자네는 저 아이의 영웅이기만 하면 되는 것이네. 한 사람의 영웅이 된다는 것이 얼마나 멋진 일인가?"

"박사님이 직접 하시죠? 취미로 영웅 노릇 하는 것도 괜찮지 않나요?"

"나도 하고는 싶지만 저 아이가 나는 나 그대로 받아들이고 있네. 저 아이에게 난 그냥 박사일 뿐이네. 내가 무슨 짓을 해도 저 아이에게 나는 영웅이 될 수 없다는 말이지. 사실 나는 자네가 헤라클레스처럼 복장도 갖추고 나타나기를 바라네. 그러면 내 소설이 더욱 풍성해질 테니 말일세."

"제가 미쳤어요? 소심해서 남에게 점심 같이 먹자고 말도 못하는 사람이 그렇게 입고 다닐 리가 있겠어요?"

"나도 그렇게 생각하네. 그러니까 강요는 안 하지 않나?"

강요는 하지 않는다면서 나를 바라보는 눈빛은 그윽하기 그지없었다. 마치 '옷을 입어라, 옷을 입어라' 하고 주문을 걸고 있는 듯한 눈빛이었다. 내가 지금까지 남들이 하라는 대로 줏대 없이 살아왔지만 그것만은 할 수 없었다.

아니 그런 옷을 입는 게 문제가 아니라 대일이라는 아이에게 영웅 노릇을 한다는 것 자체부터 생각해 볼 문제였다. 도대체 어떻게 영웅 노릇을 하라는 것인지도 알 수 없었고, 할 생각도 없었다.

이 박사라는 분은 사람을 끌어들이는 데 천재적인 소질을 가진 것 같았다. 무엇인가 빠져나갈 수 없는 상황으로 사람을 몰아갔다. 그것을 지금 깨달았기에 망정이지 아니었으면 내일 망토를 입고 다녔을지도 모를 일이었다.

"뭐 어쨌든 오늘은 늦었으니 집에 가 보겠습니다."

나는 서둘러 일어났다. 무슨 말을 들을지 몰랐기 때문에 자리를 빨리 뜨고 싶었다.

"그러게나. 나도 들어가야지. 내가 할 일이 없는 사람은 아니네."

박사님은 그렇게 말하고 나보다도 먼저 자리를 떴다. 이상한 경쟁심이 있는 분 같았다.

모처럼 집에 일찍 들어갔다. 박사님 탓에 저녁도 못 먹어서 배가 고팠다.

"나 왔어."

"어, 오늘은 일찍 왔네. 술도 안 마시고."

아내는 텔레비전을 보다가 고개를 돌려 말을 했다.

"응, 배가 좀 고프네. 저녁 먹을 것 좀 있어?"

아내는 별로 먹을 것이 없다며 달걀찜을 해 줬다. 오래간만에 아내와 식탁에 마주 앉은 느낌이었다. 아내는 이미 밥을 먹었지만 같이 앉아 있었다. 달걀찜은 뜨거웠다. 등을 타고 땀이 흘러내렸다. 또 한 줄기 땀이 흐르면서 소름이 끼쳤다. 뭐라도 이야기해야 할 것 같았다. 요즘은 아내와 하루에 10분도 제대로 대화한 적이 없는 것 같다. 오늘은 그래도 할 말이 있었다. 박사님과 대일이에 대한 이야기였다.

아내는 대일이의 이야기를 듣고 웃었다.

"좋겠네. 영웅으로 봐 주는 사람이 있어서."

웃는 얼굴을 본 것도 오래전 일처럼 낯설었다. 그 얼굴을 보고 있자니 문득 말이 튀어나왔다.

"나 그 아이를 좀 도와줄까?"

"그래, 누구라도 돕는 것은 좋은 일이잖아. 나도 누군가에게 도움을 주고 싶어. 그러면 좀 살고 있다는 느낌이 들 것도 같고."

아내도 나와 같은 고민을 하고 있었나 보다. 살고 있다는 느낌을 받고 싶다는 그런 고민 말이다.

"뭘 도와줘야 할지 모르겠어. 그렇다고 박사님 말처럼 이상한 옷을 입고 같이 돌아다녀 줄 수도 없고 말이야."

"한번 해 보지 그래? 이상한 옷 입기. 나도 보고 싶은데?"

아내는 또 웃었다. 달걀찜은 아직도 따뜻했다. 나는 말을 하기 전에 생각을 몇 번 더 해야 했다. 쉽게 꺼낼 수 있는 말이 아니었다. 서로에게 부담이 되기는 싫었지만 앞으로 나아가려면 해야 할 말이었다.

"저기, 우리 말이야……."

아내도 뭔가 짐작한 듯 나를 바라보기만 했다.

"우리 병원 가서 같이 검사 한번 받아 보자. 털어 버릴 것은 털어 버려야지."

아내는 침착했다.

"그 말 하고 싶었어, 나도. 기분 나빠 할까 봐 말을 못 하고 있었는데, 같이 가 보자. 그러고 나서 누구도 원망하지 말고 앞으로의 인생을 살자."

"그래."

나는 남은 달걀찜을 먹었다. 이제는 달걀찜이 식어 있었다. 내일은 도시락을 싸 달라고 부탁할까 생각했지만 말하지 못했다.

어김없이 점심시간은 찾아왔다. 오늘은 배가 고팠다. 점심을 안 먹은 지 오래돼서 점심시간이 돼도 배가 별로 고프지 않았는데, 오늘은 웬일인지 배가 고프다. 그렇다고 같이 점심을 먹어 줄 사람은 없었다.

버릇처럼 한강공원으로 발길을 돌렸다. 샌드위치라도 하나 사 먹을까 했지만 혼자 무언가를 먹는다는 게 버릇이 되지 않아서 그것도 관뒀다. 내일은 토요일이니 새로운 주부터는 아내에게 도시락을 싸 달라고 말해야겠다고 생각했다.

항상 앉아 있던 벤치에 도착하니 박사님이 한 여학생과 이미 자리를 잡고 있었다. 나는 박사님에게 인사했다.

"어 그래, 무슨 일인가?"

무슨 일인가는 오히려 내가 물어야 할 판이었다. 나는 매일 이곳에 나오는 사람인데.

"그건 제가 묻고 싶은 말이에요. 전 매일 이곳에 나오는데요? 생각도 좀 하고 산책도 하고…….”

박사님은 다짜고짜 모델이라도 하라며 자리로 이끌었다.

"이 소녀가 그림을 아주 잘 그린다고 하니, 오늘 하루쯤 모델이 되어 준다고 자네에게 손해날 것은 없지 않은가? 집에 가서 이야기할 만한 재미있는 일이기도 하고 말일세.”

앞에 앉아 있던 소녀는 다리가 좀 불편해 보였다. 목발이 옆에 놓여 있었다. 소녀는 모델이 필요 없다고 했다. 하지만 박사님은 그림값을 줄지도 모른다는 둥 이상한 말로 소녀를 꼬드기고 있었다. 나는 돈을 주고 그림을 그릴 생각은 전혀 없었다.

"저 돈 같은 거 안 받아요. 그러니 안심하세요."

박사와 티격태격하던 소녀가 그렇게 말했다. 이미 그림은 그리는 것이 당연하고 그림값을 주느냐 안 주느냐가 문제인 상황이 되어 버렸다. 어쩔 수 없이 점심시간 동안 모델을 해야 할 듯하다.

"그러면 여기 그냥 앉아 있으면 되는 건가요?"

내가 자리를 잡자 소녀가 나를 빤히 보다가 그림을 그리기 시작했다. 지금 내가 무슨 짓을 하고 있는 것인가 하는 생각이 머릿속에 가득 찼다. 도대체 나의 존재감은 어디서 찾을 수 있을까, 하는 고민이 또다시 떠올랐다. 사람들이 하라는 대로 하는 것이 나의 존재인가?

박사님은 대화라도 하면서 그림을 그리라고 성화였다. 아마도 소설의 소재를 찾으려는 것이겠지. 뭐라도 말해야겠다고 생각했지만 역시나 마찬가지로 할 말이 없었다. 괜히 신경 쓴 탓에 얼굴만 붉어졌다.

박사님은 계속 말을 하라고 채근했다. 소녀도 더 이상 못 참겠는지 박사님에게 말 시키지 말라고 쏘아붙였다. 얌전하게 생겼는데 성질은 대단했다. 박사님과는 아마도 예전부터 알고 지내는 사이 같았다. 묘한 조합이었다. 중년을 넘어 노년으로 가는 신사와 다리 아픈 소녀라니.

"그러면 나라도 이야기를 해야겠다. 그래, 자네 자아는 찾았나?"

나는 좀 머뭇거렸다. 만난 지 며칠 안 된 사람과 처음 만난 사람 앞에서 자아에 대한 이야기를 하기는 싫었다. 아직도 찾지 못한 자아라는 것을.

"괜찮네. 이 아이는 다른 사람이라는 존재에 별로 신경 쓰지 않는 것 같으니 나하고 둘이 대화하는 것과 마찬가지라고 생각해도 되네."

나는 그냥 내 생각을 말했다.

"글쎄요. 아직 자아라는 것이 뭔지, 내가 누구인지 잘 모르겠어요."

"그러면 내가 말했던 대로 한번 해 보는 것이 어떻겠나? 다른 사람이 바라보는 것이 자네의 실체일 수도 있네. 자네가 누군가의 영웅이 될지도 모를 일 아닌가? 다른 사람의 눈을 통해 자아를 발견하는 것이지."

"글쎄요, 나 자신이 누군지도 모르는데 남을 도울 수나 있을까요?"

"자아를 찾는다는 것은 자네 나이일 때 아주 중요한 고민이네. 자네 자체를 보면 아무 고민도 없는 환경이지만 그

안에서 고독이 피어난다는 것은 엄청난 고민인 셈이지. 그러니까 한번 해 보라는 것이네. 고독을 없애기 위해서라도 열심히 뭔가를 해야 하네."

박사님과 대화를 주고받고 있는데, 앞에서 그림을 그리던 소녀는 뭣이 그렇게 짜증이 났는지 아까보다 표정이 많이 일그러져 있었다. 스케치를 하려고 나를 바라보는 모습에 왠지 모를 적의가 담겨 있었다. 이유를 알 수 없었다. 내가 그림에 집중하지 않아서인지 까닭 모를 미움을 받고 있었다. 누구에게 이렇게 확실한 미움을 받아 본 적이 없어 당황했다.

소녀가 갑자기 연필을 집어던졌다.

"더는 못 그리겠어요."

소녀는 피곤해 보였다. 박사님은 소녀의 스케치북을 들여다보았다. 그러더니 소녀에게 지금까지 그린 그림 중에서 가장 잘 그렸다고 칭찬해 주었다. 어떤 그림인지 궁금했지만 보이지 않았다. 그런데 칭찬을 받은 소녀가 오히려 화를 냈다.

"아무래도 박사님 눈은 이상한 것 같아요. 지금까지 제가 그린 그림 중에서 가장 못 그린 것 같은데요."

"물론 그림 자체는 못 그렸다. 내가 너에게 언제 그림 잘 그린다고 한 적이 있었나? 이 그림이 그중 낫다는 것이지.

어쨌든 이 그림에는 감정이 들어가 있구나. 사람의 감정이,
특히 너의 감정이.”

소녀가 그린 그림이 보였다. 나는 그림은 잘 알지 못한
다. 그림은 다 그게 그것처럼 보였다. 그런데 나를 모델로
그린 그림을 바라보는 느낌은 달랐다. 소녀의 감정이 들어
갔다는 그림의 속의 나는 매우 건조해 보였다. 아무 희망
도 없는 듯 눈빛이 죽어 있었다. 그런 죽어 있는 눈빛이 소
녀를 화나게 한 것인가? 나에게서 퍼지는 무기력함이 다른
사람에게도 전이되는 모양이었다. 뭔가 결심한다면 지금이
어야 했다. 내가 살아 있다는 것을 다른 사람에게도 알리고
싶었다.

“저, 가 볼게요.”

먼저 인사를 하고 자리를 떴다.

여름 해가 넘어가기 직전에 마지막 햇빛을 땅으로 쏘아
보내고 있었다. 그림자는 길어졌지만 더위는 그대로였다.
오늘도 운동장에서 대일이는 묵묵히 달리고 있었다. 복장
은 정상이었다.

저 아이를 도와줄 방법이 무엇일까를 생각해 보았다. 나
를 영웅이라고 생각하고 있는 아이다. 아이가 운동장을 열
바퀴 정도 달렸는데도 아무 생각이 나지 않았다.

매일 아침 집으로 찾아가서 옷이라도 입혀 줘야 하나? 직장이 있는 이상 그것은 불가능했다. 매일 따라다니는 것도 불가능했다.

대일이가 운동장을 돌고 있는데 대일이와 같은 유니폼을 입은 아이들이 운동장으로 들어왔다. 몸풀기 훈련을 하는 모양이었다. 감독으로 보이는, 붉은 옷을 입은 사내도 운동장에 들어왔다. 아이들이 감독님이라고 부르는 것을 보니 감독이 맞는 모양이다. 감독은 대일이를 제외한 나머지 아이들에게 몸을 풀라고 지시했다.

"자, 내일 친선 시합이 있으니까 오늘은 적당히 마무리 훈련만 하고 집으로 돌아가라."

"예!"

아이들은 큰 목소리로 대답하고 나서 두 명이서 마주 잡고 스트레칭을 시작했다. 그 와중에도 대일이는 운동장을 달리고 있었다. 내가 스탠드 앞자리로 내려가자 대일이 나를 알아보고 달려왔다. 얼굴에는 기쁨이 가득 담겨 있었다. 내가 누군가에게 기쁨을 줄 수 있다는 사실이 머쓱했다.

"오셨군요. 오실 줄 알았어요."

"어, 그래."

나는 어색한 미소를 지었다.

"대일아, 넌 왜 같이 훈련하지 않고 달리기만 하니? 같은 축구부 아니야?"

"예, 맞는데요. 전 시합에 안 뛰니까 그냥 달리는 거예요. 감독님도 신경 쓰지 않고요."

"왜 어디 다친 거니? 아니면 다른 문제가 있는 거야?"

"내 생각에는 아무런 문제 없는데요. 잘 모르겠어요, 왜 나를 시합에 내보내 주지 않는지. 골을 넣고 싶어요. 라비린토스를 헤치고 나아가는 테세우스처럼 나도 영웅이 되고 싶어요. 난 안 되겠죠? 아저씨는 헤라클레스니까 가능하겠지만요."

어떤 문제가 있는지 직감적으로 알 수 있었다. 나도 초등학교 때 축구부에 든 적이 있었다. 물론 나는 축구를 별로 좋아하지 않아서 구색이나 맞추고 있다가 금방 탈퇴했지만. 그 당시 우리 어머니가 찾아오는 날이면 난 주전이 되었다. 왜인지 이유를 알고부터는 축구가 더 싫어졌다. 이 아이에게도 같은 일이 일어나고 있다는 직감이 머리를 스쳐 지나갔다.

"부모님은 안 계시니?"

"교통사고로 돌아가셨어요. 지금은 할머니와 둘이서 살아요."

부모가 없는 아이. 그저 축구가 좋아서 뛰는 이런 아이는 피해자가 될 수밖에 없다.

"넌 시합에 나가면 골을 넣을 수 있을 것 같아?"

"그럼요, 내가 여기서 제일 잘해요. 감독님 없을 때 연습 시합하면 내가 골을 많이 넣어요. 감독님이 있으면 공격하지 말라고 하셔서 골을 넣지 못하지만요."

이제 추측은 확신에 가까워졌다. 이 아이에게 기회를 주고 싶었다. 이 아이에게 난 영웅이었다. 하지만 힘으로 적을 물리치는 영웅은 아니다. 아이에게는 창피한 일이지만 지갑에 현금이 얼마나 있을까 생각했다.

"대일아, 테세우스라고 했나? 넌 네가 말한 영웅처럼 내일 시합에 나가서 활약할 수 있을 거야. 내가 잠시 할 일이 있으니까 운동장 두 바퀴만 더 뛰고 만나자."

테세우스가 축구 선수 이름인지 뭔지는 알지 못했다. 라비린토스가 어디에 있는 축구장인지도 몰랐다. 그냥 아이에게 용기를 주고 싶었다.

나는 학교 앞 가게로 가서 음료수 한 상자와 편지 봉투를 샀다. 그리고 감독에게로 갔다.

"수고하십니다, 감독님."

"아, 예, 그런데 누구신지요?"

"예, 저기 운동장을 돌고 있는 대일이의 보호자 되는 사람입니다."

감독의 눈에 경계하는 빛이 떠올랐다. 감독은 대일이 쪽을 흘끗 쳐다보았다. 지금까지 보호자를 본 적이 없으니 자신의 행동을 돌아보고 있을 것이다.

"아, 그러세요. 처음 뵙네요."

"예, 제가 사업상 좀 바빠서 이제야 찾아뵙네요. 대일이 삼촌입니다. 대일이한테 감독님 말씀 많이 들었습니다. 항상 보살펴 주신다고요."

"아, 예, 아시다시피 대일이가 조금 엉뚱한 소리를 많이 해서요. 신경을 쓰고 있습니다."

스탠드에서 감독님이 얼마나 신경을 쓰지 않는지 잘 봤습니다,라고 말하고 싶었지만 속으로 중얼거릴 수밖에 없었다. 나는 음료수를 감독 손에 들려 주었다.

"다른 게 아니라, 내일 시합에서 대일이를 볼 수 있을까 해서요. 제가 오래간만에 와서 대일이가 뛰는 모습을 꼭 보고 싶은데요."

"글쎄요. 이미 스타팅 멤버가 다 정해져 있어서 좀 곤란할 듯한데요."

감독은 나를 훑어보았다. 나는 일부러 주머니에 손을 넣고 바스락 소리를 냈다.

"그러면 할 수 없죠. 꼭 보고 싶었는데……."

"방법이 아주 없는 것은 아니고요, 친선 시합이라 당일 멤버를 바꿔도 되기는 합니다만……."

나는 슬쩍 봉투를 감독에게 건네주었다. 감독은 그게 무엇이냐고 묻지도 않고 익숙한 손동작으로 봉투를 바지 주머니에 넣었다. 손을 빼지 않는 이유는 두께를 가늠하고 있기 때문일 것이다. 적당히 두꺼우면 현금, 얇으면 수표.

"전반전은 제가 그럼 신경 써 보겠습니다. 실력만 좋으면 물론 후반전에도 계속 뛸 수 있겠지요."

대일이의 말을 그대로 믿자면 실력은 상당할 것이다. 그 정도면 문제없겠다는 생각이 들었다. 감독에게 다시 한번 고개를 꾸벅하고 돌아섰다. 대일이가 달리기를 멈추고 나를 보고 있었다.

저 아이는 나를 무슨 생각으로 바라보고 있을까? 나는 영웅일까, 비겁자일까? 내일 저 아이가 마음껏 달릴 수 있다면 비겁자가 되어도 괜찮다고 생각하며 스스로를 위로했다.

"대일아, 가자. 오늘은 연습 그만해라. 내일 시합에 나갈 테니까 좀 쉬어야지."

대일이와 함께 대일의 집 앞까지 갔다. 꽤 높은 언덕 위에 살고 있었다. 지금은 아파트촌으로 변한, 내가 사는 곳이 예전에는 아랫동네라고 불리고 이곳이 윗동네라고 불리며 거의 한동네처럼 살았다는 이야기를 들은 적이 있다. 지금은 전혀 한동네처럼 보이지 않았다. 대일이의 집에서 바라보니 언덕 위에 커다란 느티나무 한 그루가 서 있었다.

대일이를 들여보내고 느티나무 있는 곳까지 올라갔다. 꽤 힘들었다. 해는 이미 져서 아랫동네의 야경이 아름답게 보였다. 어둠과 불빛은 어떤 곳이라도 아름답게 바꾸는 힘이 있는 것 같다. 내가 사는 아파트를 찾아보다가, 이 시간까지 집에 혼자 있을 아내가 생각나서 걸음을 재촉했다.

다음 날, 아내에게 말했다.

"오늘 같이 축구 보러 가지 않을래?"

아내는 멀뚱히 나를 쳐다보았다.

"휴일에는 아무것도 안 하더니 웬일이야? 조기 축구 하는 거야? 뭐, 집에 있느니 몸 움직이는 취미라도 하나 있으면 좋긴 하지."

취미, 나에게 이것이 취미인지는 잘 모르겠다. 하지만 영웅놀이에 신경을 쓰고 있는 것만은 사실이었다.

"아니, 내가 말했던 아이 있잖아. 나를 헤라클레스라고 부른다는. 그 아이가 오늘 축구를 하는데 내가 가서 봐 줘야 할 것 같아."

"좋은 일이네. 가서 열심히 봐. 난…… 집에 있을게. 축구는 잘 몰라서. 도시락 싸 줄까? 경기 끝나면 같이 먹어."

아내는 주섬주섬 도시락을 챙기기 시작했다. 왜 그동안 그렇게 도시락 싸 달라는 말을 하기가 어려웠을까?

결국 난 배려라는 생각으로 벽을 쌓고 있었는지도 몰랐다. 벽은 내가 만들고서 내 모습이 보이지 않는다고 투정을 부리고 있었는지도 몰랐다. 세상의 문제는 단지 서로 손을 잡는 것만으로도 해결될 수 있을지도 몰랐다.

아내에게 같이 가자고 한 번만 더 말했어도 좋았을 것이다.

아내가 싸 준 도시락을 들고 학교로 갔다. 스탠드에는 이미 학부모가 앉아 있었다. 그중 몇 명은 응원 도구 같은 것도 손에 쥐고 있었다. 아마도 매번 이런 응원을 아들에게 보내 주었을 것이다. 대일이는 응원을 받아 볼 기회조차 갖지 못했다. 오늘은 내가 응원을 해 줘야겠다.

선수들이 중앙에 모여서 인사를 했다. 열렬한 박수 소리가 울려 퍼졌다. 나도 손바닥이 아프도록 박수를 쳤다. 대일이의 모습이 보였다. 밝은 표정이었다.

경기 시작을 알리는 호각 소리가 났다. 대일이는 오른쪽 수비를 맡았다. 골을 넣을 기회가 많은 자리는 아니었다.

대일이는 처음 출전한 것이라 다른 선수들과 호흡을 맞춰 볼 기회가 없었을 것이다. 게다가 오른쪽 수비수로 출전하는 것도 처음일지 몰랐다. 걱정됐다.

상대방 공격수가 공을 몰고 들어오면 대일이는 악착같이 쫓아가서 공을 빼앗았다. 확실히 축구를 하는 감각이 있어

보였다. 발재간도 뛰어났다. 혼자서 무던히도 오래 연습을 했나 보다. 대일이가 오버래핑(수비수가 자신의 위치를 벗어나서 공격에 가담하는 것)을 하려 하면 감독이 손짓으로 계속 말리는 모습이 보였다. 대일이는 뛰어가다가 멈칫하고 다시 자신의 위치로 돌아갔다.

대일이가 공을 잡았다. 앞으로 천천히 몰고 나오다가 뛰어오는 같은 편 공격수에게 패스를 했다. 패스는 정확하게 연결됐지만 감독의 질타는 계속됐다.

"야, 성환이를 주라니까 왜 자꾸 상식이한테 주는 거야?"

그때였다. 안 들었으면 좋았을 이야기가 들려왔다.

"성환이 어머님, 이번에 전지훈련 후원하신다면서요? 고마워요, 덕분에 우리 아들도 편히 훈련 갔다 오게 생겼어요."

"아니, 뭘요. 그저 애들 좀 편히 훈련하라고 성의만 보였어요."

이제 감독의 호통이 이해되었다. 내가 어제 쥐여 준 돈 봉투의 위력은 출전으로 소멸된 것이다. 이 경기는 성환이라는 아이를 중심으로 돌아가야 했다. 성환이는 오른쪽 윙을 맡고 있었다. 오른쪽 풀백인 대일이의 바로 앞에 위치한 자리다. 대일이가 공을 잡으면 무조건 앞에 있는 성환이에게 패스를 해 줘야 감독의 의도대로 경기가 돌아가는 것이다. 감독에게 경기의 승패는 별로 중요하지 않았다. 곧 있을 전지훈련을 얼마나 편안하게 갔다 올 수 있을지, 그리고 자신의 체육복 바지에 얼마의 봉투가 더 쌓일지가 중요한 경기다.

대일이가 상대편 쪽으로 오버래핑을 하려 하면 성환이는 공을 주지 않고 자신이 몰고 나갔다. 그러다가 가로채기라도 당하면 경기장의 오른쪽이 다 비기 때문에 대일이는 계속 되돌아올 수밖에 없었다. 대일이가 공을 잡으면 감독이 계속 성환에게 패스하라고 소리쳤다. 내 짧은 지식으로 보기에도 성환이라는 아이는 그렇게 뛰어난 재능을 갖고 있지 않았다. 드리블은 투박하고, 패스도 잘하지 못해서 상대방에게 쉽게 막혔다. 그래도 감독은 무조건 성환이에게 패스하라고 주문했다.

성환이가 공을 받고 드리블을 하려다가 상대에게 가로채기를 당했다. 상대편은 중앙으로 공을 치고 들어왔다. 골키퍼까지 제쳤다.

슛을 하기 직전, 어디서 나타났는지 대일이가 몸을 날려 헤딩으로 공을 걷어 냈다. 하지만 상대 공격수의 발에 맞은 대일이는 일어나지 못했다. 순간적으로 나도 정신이 멍해졌다. 운동장으로 뛰어들고 싶었지만 몸이 말을 듣지 않았다.

어제 대일이는 테세우스가 돼 라비린토스를 뚫고 나가

고 싶다고 했다. 나는 잠들기 전 테세우스에 대한 글을 읽었다. 테세우스는 미로인 라비린토스에 살고 있는 반인반수 미노타우로스를 처치한 전설의 영웅이었다. 나를 보고 헤라클레스라고 부르던 저 아이는 자신도 영웅이 되고 싶은 것이다. 저 아이도 누군가의 영웅이 될 수 있다. 저 아이를 통해 난 나를 찾는 중이었다. 영웅이 이렇게 쓰러질 수는 없다.

'일어나라. 일어나라.'

마음속으로 계속 울부짖었다.

"이 바보 감독아! 애부터 걱정해야지!"

한 여자아이의 목소리에 정신이 들었다. 여자아이 쪽을 돌아보았다. 한강에서 나를 보고 기분 나빠 하던 그 아이였다. 옆에는 박사님도 있었다.

"학생이 다쳤으면 다른 선수 준비보다 다친 학생을 먼저 걱정해야 하는 거 아니오?"

내가 잠시 정신이 없는 사이에 다른 선수를 준비시키고 있었나 보다. 어제 감독이 말했다. 전반전은 보장한다고. 그렇다면 남은 시간이 얼마 없었다.

대일이가 머리에 붕대를 감고 일어났다. 대일이 얼굴에 피를 흘린 자국이 그대로 남아 있었다. 대일이는 밖으로 나가 치료를 받았다.

그 순간 나와 대일이의 눈이 마주쳤다. 나는 계속 달릴 수 있다고 대일이에게 눈으로 말했다. 대일이도 눈으로 대답했다. 남은 시간이 얼마 없었다. 대일이는 감독에게 계속 뛸 수 있다는 사인을 보냈다. 감독은 스탠드 쪽을 쭉 둘러보았다. 아마 나를 찾고 있을 것이다.

대일이가 밖에서 머리에 붕대를 감고 있는 동안 경기는 계속되었다. 그 잠깐 사이에 코너킥으로 1점을 실점했다.

대일이는 머리에 붕대를 감고 경기장으로 복귀했다. 그리고 또 달렸다. 상대방이 공을 잡으면 야수같이 달려들었다. 객관적으로 경기를 본다고 해도 대일이처럼 열심히 뛰는 선수가 없었다. 시큰둥하던 학부모들도 대일이가 공을 뺏으면 박수를 보냈다.

경기는 어느덧 40분을 넘어가고 있었다. 대일이에게 주어진 시간은 이제 5분이다. 대일이는 지금 행복할까? 달려가서 골을 넣고 싶지 않을까? 대일이가 공을 잡았다. 감독은 또 성환이에게 공을 주라고 지시하고 있었다.

어제 읽은 글에서 보니 테세우스는 헤라클레스의 친구였다. 헤라클레스가 저주에 걸려 자신의 자식과 아내까지 모두 죽이고 스스로 목숨을 끊으려 할 때, 헤라클레스가 살아갈 수 있도록 용기를 준 사람이 테세우스였다. 저 아이의 눈에 내가 헤라클레스라면 이제 은혜를 갚아야 한다. 나는 용기를 냈다.

"달려! 그냥 달려! 테세우스! 미로를 빠져나가 미노타우로스가 있는 곳까지 달리라고!"

대일이는 분명 내 목소리를 들었다. 흘끗 내가 있는 쪽을 바라보았다. 그러더니 발동작이 빨라졌다. 공을 치고 나갔다. 만약 바람을 볼 수 있다면 저런 모습일 것이다. 다리에 달려 있던 모래주머니를 내던지기라도 한 듯 경쾌한 움직임이었다. 단번에 중앙선을 넘었다.

"내 말 안 들려? 패스하라고, 패스! 앞에 성환이에게 패스하라고, 이 자식아!"

감독이 지시에 불응하는 대일이에게 소리를 질렀다. 나도 그에 뒤질 수 없었다.

"뛰어! 테세우스! 오 분도 안 남았어. 마지막 시간이야! 끝까지 뛰어!"

몇 명이 둘러싸도 대일이는 멈추지 않았다. 작은 틈으로 몸을 빼내서 달렸다. 그 순간 내 눈에는 똑똑히 보였다. 대일이가 환한 미소를 띠고 있는 것이. 우리는 둘 다 느끼고 있었다. 이 순간이 가장 중요하다는 것을, 앞으로의 일은 걱정하지 않아도 좋다는 것을.

나는 목이 터져라 소리쳤다. 태클을 당해도 대일이는 넘어지지 않았다. 누구도 막을 수 없었다. 진짜 프로 선수라

하더라도 대일이의 질주를 막을 수 없을 듯했다.

"슛! 거기서 그냥 슛!"

대일이의 발에서 공이 떠났다. 가슴이 턱 막혔다. 공이 너무나 천천히 날아가고 있었다. 저 공이 골대까지 가려면 몇 분이 걸릴 것 같았다. 누구라도 저렇게 느린 공은 막을 수 있다. 그런데 주변의 다른 선수는 아예 멈춰 있었다. 공이 느린 것이 아니라 내 마음이 느리게 움직인 것이다. 공은 곧게 골문 안으로 빨려 들어갔다.

잠시 운동장의 공기가 압축된 듯했다. 그리고 그 압축된 공기는 힘차게 터졌다. 스탠드에 앉아 있던 사람들이 일제히 소리쳤다. 처음에는 당황하던 선수들도 달려와 축하를 했다. 지금까지 몇 번의 월드컵을 보고 소리치고 응원했지만 지금처럼 짜릿한 골은 없었다.

대일이는 특별한 골 세러머니를 하지는 않았지만 나를 보고 한껏 미소를 지었다. 스스로를 자랑스러워하고 있다는 느낌의 미소였다. 나도 내가 자랑스러웠다. 저 아이의 기술은 온전히 저 아이의 것이지만 자랑스러움은 충분히 나누어 가져도 될 것이다.

운동장의 흥분이 채 가라앉기도 전에 전반전을 마치는 휘슬이 울렸다.

감독은 아이들을 스탠드에서 보이지 않는 곳으로 데리고

갔다. 나는 조용히 아이들이 사라진 방향으로 가 보았다. 짐작되는 것이 있었기 때문이다.

감독은 대일이에게 주의를 주고 있었다.

"넌 감독의 말이 말 같지 않냐? 왜 패스하라는데 멋대로 달려가서 골을 넣는 거야? 안 그래도 모자란 놈 축구부에 끼워 줬더니 삼촌 하나 나타나니까 눈에 뵈는 게 없는 모양인데, 축구부 관두고 싶어?"

감독은 대일이의 머리를 주먹으로 툭툭 두드렸다.

다른 아이들도 풀이 죽어 있었다. 이런 감독 아래에서라면 더 이상 축구부에 있어야 할 이유가 없어 보였다. 나서야 할지 말아야 할지 망설여졌다. 말 그대로 너무 나서는 것은 아닌지 걱정도 됐다.

"다들 너무 승부에 연연하지 마라. 이 시합은 친선 게임이다, 친선. 내 지시만 잘 따르면 아무 문제 없을 거다."

감독이란 사람 자체가 가장 큰 문제란 것을 스스로는 모르고 있는 모양이다.

"대일이 넌 여기서 엎드려뻗쳐 하고 있어. 후반전 끝날 때까지 하는 거다. 밖에 나가서 삼촌이란 사람에게 뭐라고 일렀다가는 다시는 축구 못 할 줄 알아라."

그 소리를 듣고서도 난 나설 수 없었다. 나는 영웅놀이를 하는 것이지 진짜 영웅은 아니니까. 선수들과 감독은 다시 운동장으로 나갔다. 대일이는 여전히 엎드려뻗쳐 자세로 있었다.

사람들이 사라지자 난 대일에게 다가갔다.

"일어나라. 나가자. 여기서는 네가 할 수 있는 것도, 더 배울 것도 없다."

대일이는 일어서려 하지 않았다.

"내가 책임진다. 일어나라."

대일이는 그제야 일어섰다. 머리를 감은 붕대에 배어 나온 피가 검붉게 엉겨 붙어 있었다.

"그깟 유니폼 벗어 버려. 내가 더 폼나는 유니폼 입혀 줄 테니까."

대일이가 진짜로 훌렁 벗어 버릴 줄은 몰랐다. 바지마저 벗으려는 것을 말렸다. 운동으로 잘 다져진 상체가 드러났다. 말라 보였지만 근육이 성장하고 있었다.

대일이와 나는 구석에 가서 아내가 싸 준 도시락을 먹었다. 한여름이라 땀도 나고 목도 말랐지만 꾸역꾸역 잘도 들어갔다. 대일이도 열심히 먹었다. 하도 열심히 먹어서 비장함이 느껴질 정도였다. 앞으로의 삶이 전쟁같이 변할 것임을 직감으로 아는 것일지도 몰랐다.

우리는 점심을 먹고 느긋이 운동장에 누웠다. 매미 소리가 들렸다. 여름이구나.

"이게 뭐하는 짓이오?"

어느 사이엔가 감독이 나타났다. 경기가 끝난 모양이다.

"아, 감독님이시군요. 경기는 잘 끝났나요?"

나는 능청을 떨었다. 싸우는 것보다는 이쪽이 내게 어울렸다.

"이 대 일로 졌소. 지금 그게 중요한 게 아니고 경기 중에 선수를 이리로 끌고 오면 어떡하자는 거요? 선수를 다루는 것은 감독의 재량이오. 아무리 보호자라지만 그건 용납할 수 없소."

감독은 화가 나 있었다. 선수들에게 왕으로 군림하던 터라 자존심에 상처를 받은 것 같았다.

나는 화가 난 사람을 어떻게 대해야 할지 잘 몰랐다. 보통의 나라면 무조건 사죄하거나 피했을 것이다. 그러나 지금 대일이가 지켜보고 있기 때문에 그럴 수 없었다. 난 나의 행동에 책임을 져야 한다. 그것이 대일이를 위해서도, 나를 위해서도 올바른 길이란 것은 의심할 여지가 없었다.

"내가 보기엔 이제 더 이상 저 아이는 당신의 선수가 아닌 것 같소만."

어느새 나타났는지 박사님이 끼어들었다.

"당신은 또 뭐야? 오늘 무슨 날 잡은 건가? 왜 이리 파리 떼가 많아?"

감독은 흥분하며 말했다. 상황이 불리해지면 더욱 흥분하는 경향이 있는 사람이 있다. 감독이 딱 그런 사람인 듯했다.

"이제 대일이는 당신의 선수가 아니란 말이오. 여기 서있는 태형 군의 선수가 될 것이오. 이 학교 학생일지는 몰라도 당신의 선수는 아니란 말이오. 오늘부로 이 학교 축구부를 탈퇴할 것이오."

박사님은 평소보다 더욱 커 보였다. 박사님보다 덩치도 크고 배도 나온 감독이 압도될 정도의 위압감을 보였다. 감독은 말을 못하고 쩔쩔매고 있었다.

"태형 군. 직접 말해 보게. 내 말이 틀렸나?"

앞으로 한 발 나서야 했다. 지금까지 움츠려 있던 어깨를 펴야 할 순간이 바로 지금이다.

"맞습니다. 앞으로 대일이는 내 선수입니다. 내가 스카우트합니다. 앞으로 다른 선수들도 잘 돌보는 게 좋을 겁니다. 내가 몽땅 스카우트해 버릴지도 모릅니다."

손이 떨리고 있었다. 아니 온몸이 떨리니 손이 흔들리고 있는 것이다. 떨지 않으려고 주먹을 꽉 쥐었다.

"쓸모도 없는 바보 놈, 잘 데리고 가시오. 시켜 달라고 찾아올 때는 언제고, 배은망덕한 놈."

감독은 대일이를 한번 째려보더니 돌아갔다.

"고맙습니다. 박사님이 아니었으면 또 소심하게 물러설 뻔했어요."

"내가 한 것은 아무것도 없네. 자네가 결심하지 않았다면 내가 무슨 말을 하든 상관없었을 테니 말일세."

"그런데, 여기는 어쩐 일로……?"

"내가 쓴 소설이 거의 완성되어서 내일 보여 주려고 하는데 시간이 되는가? 항상 보던 시간에 같은 장소에서 보세, 그럼 나는 이만 가네."

"어, 저……."

박사님의 걸음은 도망치듯 빨랐다. 대답도 듣지 않고 가 버리다니. 내일은 일요일인데 회사 앞까지 가야 한단 말인가? 하여간 일방적인 사람이다.

"가까운 데 가서 옷이나 하나 사 입자."

아직도 웃옷을 벗고 있는 대일이를 데리고 옷 가게로 갔다. 대일이의 독특한 패션 감각을 무디게 하려고 무던히도 애를 써야 했지만, 오래간만에 실컷 웃었다.

일요일이지만 아내에게 잠깐 만나 볼 사람이 있다고 말하고 그 벤치로 나갔다. 소설을 보여 준다던 박사님은 왔다 갔다 하고 있었고, 이상하게 자주 만나게 되는 다리가 불편한 소녀도 있었다. 내가 인사를 하자 박사님은 또 특유의 다

149

짜고짜 정신을 발휘해서 나보고 모델이 돼 달라고 말했다.

분명 이틀 전에도 나에게 화를 냈던 소녀인데, 오늘은 잘 그릴 수 있을지 모르겠다. 어차피 박사님이 하려고 하면 박사님 생각대로 흘러간다는 것을 알고 있었기에 그냥 순순히 자리를 잡았다.

아무래도 선글라스를 하나 사야겠다고 생각했다. 한여름에 매일 점심시간마다 햇빛과 한강에서 반사된 빛을 동시에 받으니 더 빨리 살이 탄다.

그림을 그리는 소녀의 눈빛은 약간 변해 있었다. 땀을 흘렸지만 짜증 같은 것은 묻어나지 않았다.

"아저씨, 결혼했어요?"

낭랑하고 명랑한 목소리였다. 내게 말을 걸 리라고는 기대하지 않았기 때문에 당황했다. 괜히 얼굴도 붉어진 느낌이다.

이 소녀도 대일이와 같은 그런 느낌이었다. 느낌이라는 것을 말로 표현하기는 힘들지만, 청량한 느낌이라고나 할까. 자신이 안고 있는 장애를 뛰어넘어 새로운 세계로 나아가고 있는 사람의 위엄이 느껴지기까지 했다.

소녀는 이틀 전과는 다르게 싹싹했고 자기에게 말을 놓으라고도 했다. 그동안 나는 내 속의 존재에 사로잡혀 있었나보다. 이렇게 한 발만 다가서면 모든 사람이 나라는 존재를 인정해 준다는 것을 이제야 깨달았다. 대일이도 나고 이 소녀도 나다. 나는 내 속에 있을 필요가 없었다. 박사님도 나고, 점심시간마다 옆 사무실 동료와 점심을 먹으러 나가는 여사원 또한 나였다. 그들 모두에게 나라는 존재가 들어 있는 것이다. 누구에게는 영웅으로서의 내가, 누구에게는 같이 밥도 안 먹는 남자 직원으로서의 내가, 그림의 모델로서의 내가, 소설의 소재로서의 내가, 남편으로서의 내가…….

"혹시, 박사님이 웃는 것 본 적 있으세요?"

"웃어요?"

박사님을 바라보았다. 작은 스케치북을 앞에 놓고 그림을 그리면서 미소를 짓고 있었다. 생각해 보면 한 번도 박사님이 웃는 모습을 본 적이 없는 것 같다. 저 미소가 의미하는 것은 무엇일까? 나든 이 소녀든 박사님을 웃음 짓게 한 존재인 것만은 확실했다. 누군가를 웃음 짓게 하는 것만으로도 존재의 가치는 충분히 있다.

소녀와는 더 많은 이야기를 나누었다. 이름이 일영이라는 것도 들었고, 소아마비로 다리를 절게 되었다는 이야기도 들었다. 이 아이도 보살펴 주고 싶었다.

일영이는 대일이와 나와의 관계를 궁금하게 여기는 것 같았다. 이야기를 하면서 일영이가 대일이에 대해서 좋은 느낌을 갖고 있다는 것을 알 수 있었다. 아무래도 어른보다는 속마음을 감추기 힘든 나이다. 대일이와 잘 어울리는 사이가 될 것 같았다. 함께 소풍이나 가 볼까 하는 생각도 들었다.

일영이는 그림을 다 그렸다며 나에게 보여 주었다. 일반적인 초상화와는 전혀 다른 그림이었다. 초상화라기보다는 상상화에 더 가까웠다.

한 남자와 한 여자가 마주 보고 있었다. 그 눈빛에는 신뢰라고 할 만한 무엇이 담겨 있었다. 서로의 어깨에 한 손을 올리고 다른 한 손으로는 천사처럼 보이는 아이의 어깨를 잡고 있었다. 남자는 나를 닮았다. 그림 속의 남자가 훨씬 잘생겼지만 전체적인 느낌은 나랑 비슷했다. 여자는 이상하게도 아내를 닮았다. 일영이는 아내를 본 적이 없을 텐데, 어떻게 이렇게 비슷하게 그렸는지 신기할 정도였다. 그리고 천사는 뒷모습이라 누구를 닮았는지 알 수 없었다. 아마 대일이의 모습일 수도 있고, 일영이의 모습일 수도 있었다. 혹시라도 태어날 지 모를 내 아이의 모습일 수도 있었다.

지금까지 난 혼자 모든 것을 찾아야 한다고 생각했던 것 같다. 옆에는 항상 나를 도와주는 아내가 있음을 잊고 있었다. 도시락이 문제가 아니었다. 아내와 나는 함께 모든 것을 헤쳐 나갈 존재다. 외로움은 이제 안녕이다.

"고맙다. 정말 고맙다."

일영이라는 소녀는 나를 완성해 주었다. 지체할 시간이 없었다. 빨리 아내를 만나고 싶었다. 박사님에게 서둘러 인사하고 집으로 달려갔다.

아내는 늘 비슷한 모습으로 텔레비전을 보고 있었다.

"나 당신에게 부탁하고 싶은 것이 있어."

나는 다짜고짜 말을 꺼냈다.

아내는 조금 당황한 것 같았지만 차분한 목소리로 대답했다. 언제부터인지 집 안에서 열띤 분위기는 느껴지지 않았다. 언제나 차분했고 무거웠다.

"뭔데?"

"매니저가 되어 줘."

"응?"

"나 축구팀을 만들 거야. 학원 스포츠에 적응하지 못하는 아이, 하지만 축구를 사랑하는 아이들을 모아서 클럽을 만들 거야. 혼자 힘으로는 모자라. 당신이 꼭 도와줘야 해."

"갑자기 무슨……?"

아내는 더 당황스러워했다.

"우리 같이 해 보자. 열정을 다해 보자. 우리 아이가 태어나면 우리가 만든 클럽에 가입시키고, 만약에, 만약에 우리에게 아이가 없다고 하더라도 우리 클럽의 아이들에게 열정을 쏟고 말이야. 우리 한번 열띠게 살아 보자. 그냥 그렇게 물 흐르듯이 살지 말고, 매일매일 새로운 일이 일어나는 그런 펄떡거리는 삶을 살아 보자."

나는 아내의 손을 꼭 잡았다.

"선수는 있어?"

"응, 있어. 한 명."

아내는 큭 하고 웃음을 터뜨렸다.

"겨우 선수 한 명 가지고 클럽을 만들겠다고 이렇게 들뜬 거야?"

"응, 약간 문제가 있기는 하지만 재능이 있는 아이야. 그리고 무엇보다 나를 믿고 따르는 아이야. 내 말이 엉뚱하고 이상하게 들리겠지만 당신에게도 재미있는 일이 될 거야. 회사를 다니면서 클럽에 내 모든 것을 쏟아부을 시간은 없어. 당신이 좀 도와줘."

"어떤 일인지는 몰라도, 기쁘네."

무엇이 기쁘다는 건지 전혀 이해되지 않았다.

"결혼하고 나한테 이렇게 진지하게 부탁하는 거 처음이잖아. 아이가 생기지 않고부터는 난 이 집의 그림자가 아닌가 생각했거든. 나한테 나쁘게 대한 것도 없지만 부탁을 하거나 화도 내지 않았어. 겉으로 보기에만 좋은 사이였지.

154

실상 우리는 가족이라는 틀을 깨지 않기 위해서만 살았던 것 같아. 그런데 이제 이렇게 부탁하는 것을 보니까 당신이 사람 같아 보이네. 같이 살고 있는 가구가 아니라."

우리 부부는 겉으로 드러나지 않는 지독한 균열을 겪고 있었다. 아무도 내색하지 않은 것뿐이었다. 누군가 말을 꺼내면 완전히 깨질 것 같은 불안함을 안고 있었다.

"고마워. 이제 우리 함께 해 나가자. 같이 시작해 보고 재미없으면 언제든지 그만둬. 아니, 그만둘 수 없을 거야. 내가 발목을 붙잡고 나가지 말라고 사정할 테니까. 그러니까 같이해. 축구 규칙 같은 건 천천히 공부하고, 하나하나 같이 모든 걸 헤쳐 나가면 돼."

나는 일영이가 그린 그림을 보여 주었다.

"내 사진 가지고 갔었어?"

"아니, 그냥 말로 했는데도 이렇게 비슷하게 그렸네."

"당신이 의외로 나에 대해서 많이 알고 있나 보네. 이렇게 자세히 그린 것을 보니까."

아내는 그림을 한참 들여다보았다. 그리고 말을 이었다.

"같이해. 무얼 하든, 어떻게 하든. 그리고 당신의 첫 번째 선수와 같이 밥 한 번 먹자. 집으로 오라고 해."

기뻤다. 그 말밖에는 달리 표현할 방법이 없었다. 비유는 비유, 은유는 은유일 뿐, 결국 기뻤다는 말만 남을 것이다.

등을 돌리고 산 시간에 비해 손을 맞잡은 시간은 너무나 짧았다.

"내일 당장 만나자. 내일 창단식을 하는 거야. 작은 케이크 하나 사 들고."

머릿속에서 축구 클럽 창단 조건과 운동장 사용료 등의 실질적인 문제가 복잡하게 돌아가기 시작했다. 그러다가 갑자기 생각을 중지해 버렸다. 혼자 생각하는 것보다는 손을 맞잡고 같이 생각하는 편이 훨씬 좋다고 눈으로 말해 주는 사람이 앞에 있었기 때문이다.

"그리고 부탁이 한 가지 더 있는데 말이야, 나 이제 매일 도시락 좀 싸 줘."

축구 클럽 매니저를 맡아 달라고 한 것보다 더 큰 반발이 일었다. 아내는 매일 아침 반찬을 준비하는 번거로움에 대해 일장 연설을 늘어놓기 시작했다. 그 연설은 리듬을 탔고 내 귀에는 음악처럼 들렸다.

배가 고팠다. 도시락을 열어 보았다. 현미가 섞인 쌀밥과 달걀을 입힌 소시지였다. 미소가 배어 나왔다. 이런 반찬이 들어 있는 도시락을 받아 본 게 대체 얼마 만인가 하는 생각이 들었다. 짭짤하면서도 묘한 비린내를 풍기는 싸구려 소시지를 한 입 베어 먹을 때마다 아내가 생각났다. 다시 한번 신혼이 찾아온 듯한 착각에 빠졌을 즈음 박사님이 나타났다.

"맛있게 보이네."

나는 박사님을 보면서 미소를 지었다.

"예, 맛있어요."

박사님은 나를 빤히 바라보았다.

"자신감이 넘치는군. 자신을 찾았으니 자신감이 넘치는 것이겠지. 그렇지 않나?"

"예, 이제 나를 잃어버리는 일은 없을 거예요. 잃어버리면 찾아 줄 사람이 많이 있거든요. 좀 드셔 보실래요?"

"싫네. 나 먹으라고 싸 준 것이 아닌 것을 먹으면 저주를 받을지도 모르지."

진짜로 저주를 받는다고 믿는 건가 싶을 정도로 근엄하게 박사님이 말했다. 그 표정을 보니 또 웃음이 나왔다. 너무 많이 웃어서 실없어 보일까 봐 걱정이었다.

"어쨌든 소설을 써 왔네. 한 번 보게."

박사님이 종이 몇 장을 내밀었다. 나는 소설이라고 해서 수백 장짜리 장편 소설을 생각했는데, 이건 단편 소설보다도 짧았다. 박사님도 내 얼굴을 보고 눈치를 챈 것 같았다.

"이런 것을 엽편 소설이라고 부른다네. 조금 다르기는 하지만 서양에서는 꽁트라고도 하지. 짧아도 작품의 질에는 아무 문제가 없다네."

변명처럼 말하는 박사님의 목소리를 뒤로하고 펼쳐 본 소설의 제목은 가수 DJ DOC의 노래 제목과 같은 '슈퍼맨의 비애'였다.

"내가 읽어 주겠네. 내가 요즘 취미로 낭독을 하고 있다네. 생동감 넘치게 읽어 줄 테니까, 잘 듣게."

박사님의 새로운 취미를 또 하나 알게 되었다. 박사님은 목을 몇 번 가다듬더니 소설을 읽기 시작했다.

서울역은 많이 변했다. 예전의 모습은 사라지고 지금은 쇼핑센터가 들어와서 한껏 현대적인 모습을 뽐내고 있다. 십여 년 전의 모습은 사라졌지만 지금도 변하지 않은 것이 있다. 바로 서울역 앞 지하도에 노숙자가 있다는 사실이다. 회사에 가려면 항상 그 지하도를 통과해야 하기에 노숙자들은 이제 익숙한 모습이 되었다.

오랜만에 야근이 없는 퇴근길이라 가벼운 발걸음으로 지하도를 건너가고 있을 때였다. 갑자기 한 노숙자가 내 다리를 움켜잡았다. 놀란 나는 소주값이나 받아 내려는 노숙자의 작은 투정 정도라 생각하고 발을 빼려 했으나 도저히 빠져나올 수 없는 힘이었다. 그냥 힘이 센 정도가 아니라 철근 콘크리트로 내 발을 꽁꽁 감싼 다음 증기 기관차를 그 위에 얹어 놓은 느낌이랄까?

한마디로 요약하자면 움직일 수 없었다. 게다가 이 노숙자가 벽안의 외국인이어서 더욱 놀랐다.

"협박하는 것은 아닙니다. 다만 배가 고파서 그러니 밥이나 한 끼 먹을 수 있게 해 주세요."

이 노숙자는 한국말을 유창하게 했다. 다른 노숙자들처럼 술에 취해 있지도 않았다. 뭔가 사정이 있는 듯했다. 게다가 호기심이 동할 말도 했다.

"그쪽도 식사를 하기 전이라면 나하고 밥 한 끼 먹어 주시지요? 말할 상대가 필요한데 아무도 내 말을 들어주려 하지 않네요."

호기심이란 것이 사람을 죽일 수도 있다지만 나는 호기심 때문에 같이 간 것은 아니었다. 아까도 말했듯이 다리를 움켜잡고 옴짝달싹할 수 없게 만들었으니 같이 밥을 먹을 수밖에 없었다.

밥을 사 주겠다고 하자 둘둘 말고 있던 이불을 벗어 던지는데 그 복장이 또한 가관이었다. 몸에 딱 달라붙는 파란색 타이즈는 같이 다니기 창피할 정도였다. 하지만 어찌할 수도 없는 상황이라 근처에 사람이 가장 없을 것 같은 식당에 들어가서 해장국을 먹었다.

"전 슈퍼맨입니다. 미국에만 있다가 전 세계의 평화를

지키기 위해 다른 나라도 가 봐야겠다고 생각해 온 곳이 바로 한국이지요."

더 이상 무슨 말을 해도 이상할 것은 없었다. 파란 쫄바지를 입은 외국인이 자신을 슈퍼맨이라고 하는 상황은 오히려 정상처럼 보였다.

"팔십칠 년에 뉴클리어맨을 어렵사리 해치웠는데 미국인들은 예전처럼 저를 영웅으로 받들지 않더군요."

1987년이라면 '슈퍼맨 4'가 개봉돼 흥행에 실패한 해이기는 하다. 태양에서 힘을 받는 뉴클리어맨이 등장하는 영화였다는 것이 어렴풋이 기억난다.

"그래서 세계에서 가장 위험하다는 나라, 한국으로 날아왔죠. 당분간 한국에서 지내려면 직업이 있어야 했죠. 미국에서야 기자 생활을 했지만 당시에는 한국어가 익숙하지 않아 기자 생활을 할 수 없었습니다. 일단 몸으로 하는 일에는 자신이 있기 때문에 문래동의 선반 공장에 가서 일을 했습니다. 파란 눈의 외국인이라 다른 동양계 외국인 노동자보다는 대우가 나았지만 툭하면 욕을 하고 주먹을 휘두르더군요. 아프지는 않았지만 자존심이 많이 상했습니다. 그래서 정의의 힘으로 조금 주의를 주었습니다. 사장의 멱살을 잡고 잠깐 위로 던졌다가 받았죠. 그 자리에서 사장은 두고 보라는 말만 할 뿐 다른 말은 하지 않았습니다. 그런데 며칠 있다가 경찰이 저를 잡아가더군요. 불법 체류자라는 것입니다. 하늘을 날아서 왔기 때문에 비자 같은 것이 없었거든요. 저 말고 다른 직원도 많이 잡혀갔습니다. 월급을 차일피일 미루다가 사장이 직원들을 모두 신고한 것이죠. 하지만 공권력에 대들 수는 없어서 강제송환되기 전에 살짝 철창을 구부리고 도망 나왔습니다.”

이 사람이 슈퍼맨인지는 모르겠지만 한국에서 꽤 오래 생활한 것은 분명했다.

“두 번째로 시작한 일은 레커차입니다. 제가 맡은 일은 주로 불법 주차한 차를 견인하는 것이었습니다.”

“외국인도 그런 일을 할 수 있나요?”

“살짝 변장을 했죠.”

“어떤 변장을?”

“가르마를 반대로 하고 뿔테 안경을 썼더니 아무도 못 알아보더군요.”

“아…….”

“그런데 그것도 사흘 만에 쫓겨났습니다. 불법 주차한 외제차를 견인한 것까지는 좋았는데 제가 차를 들어 올릴 때 손자국이 났기 때문이죠. 차가 무거워서 들어 올리는데 손에 힘을 좀 많이 줬더니 제 손가락 모양으로 찌그러졌습니다. 그 차 주인이 무슨 정치인의 아들이라고 했습니다. 항의가 들어오자 저를 자르는 것으로 무마했죠."

슈퍼맨이라고 자신을 소개한 남자는 해장국이 뜨겁지도 않은지 맨손으로 뚝배기를 들고 후루룩 마셨다.

"그럼 언제 정의를 지키셨나요?"

내 물음에 그는 잠시 나를 바라보더니 정의도 배고프면 아무 소용이 없더군요,라고 했다.

"그래서 그다음에 이렇게 거리로 나앉은 건가요?"

"아니요, 다음엔 주특기를 살려서 용접을 하려고 했죠."

"주특기라면?"

"제 눈에서 나오는 레이저로 용접을 해 보려고요."

"아⋯⋯."

이제는 뭐라고 말해도 이해가 됐다.

"그런데 또 문제가 발생했죠."

"왜요?"

"보안경을 착용하지 않으면 일을 할 수 없다고 했습니다. 보안경을 착용하지 않으면 안전 장구 미착용으로 벌금을 내야 한다고 하더군요. 그런데 전 보안경을 쓰면 열을 조절할 수 없습니다. 그래서 다시 새 직장을 구해야 했지만, 일일 잡역부 말고는 구할 길이 없었습니다. 잡역을 하는 것이야 제게 힘들 것이 없지만 남들하고 보조를 맞춰야 하기 때문에 혼자만 빨리 일할 수도 없었죠. 하루 벌어 하루 먹고 살기도 힘들다 보니 이미 정의는 저 멀리 사라지고 말았습니다."

해장국을 후루룩 먹어 치운 슈퍼맨은 비척비척 걸어 멀어져 갔다. 저 사람이 슈퍼맨인지 아니면 정신 나간 외국 사람인지는 모르지만 어쩐지 그의 말이 다 믿어졌다.

아무리 삶이 괴로워도 크립토나이트를 삼키지는 마세요. 슈퍼맨 아저씨.

박사님은 사실감 넘치게 잘 읽었다. 조금은 황당한 내용의 소설이었다. 아무 곳에서나 불쑥불쑥 나타나는 박사님을 보면 이런 소설을 쓰는 것이 이해가 되기도 했다. 단 한 가지 의문은 회사원이 나오는 것이 맞기는 하지만 나와 무슨 상관이 있느냐는 것이었다.

"재미있네요. 그런데 제가 거기 어디 있어요?"

"모든 곳에 있지. 회사원이든 슈퍼맨이든. 모든 사람은 평범하기도, 슈퍼맨이기도 하니까."

맞는 말이긴 했지만 내 물음의 대답은 되지 않았다.

"소설 쓴다고 하시면서 저에게 이것저것 물으셨잖아요. 그런데 사실 제가 아니라 누구라도 상관없는 이야기잖아요."

박사님은 곰곰이 생각하는 표정이더니 대답했다.

"그렇기는 하네."

순순히 시인하니 오히려 내가 이상한 사람이 된 기분이었다. 남은 소시지와 밥을 입에 넣고 있는데 박사님의 휴대전화가 울렸다.

"그래, 혼자 온 것인가? 어떻게 여기까지 혼자 왔지? 나한테 전화하면 가지러 갔을 텐데. 그래, 혼자 와 보고 싶었다면 그래야지 뭐. 그런데 자세히 봤나? 될 수 있으면 보지 마라. 아니, 그래도 보지 않도록 노력해 봐라. 아 그래 보인다. 이만 끊겠다."

박사님이 한쪽을 바라보았다. 일영이 오고 있었다. 항상 앉아 있는 모습만 봤는데 목발을 짚고 걸어오는 것을 보니 또 새로웠다. 일영이는 나를 보고 방긋 웃었다. 나도 손을 흔들고 웃어 주었다.

"표정이 많이 좋아지셨네요, 아저씨."

"어, 그래, 덕분에."

"물건은 가지고 왔나?"

인사를 하고 있는데 박사님이 불쑥 영화에서 마약을 거래하는 듯한 말투로 일영이에게 물었다.

"예, 물론 가지고 왔죠. 주민등록증을 흘리고 다니시다니 박사님답지 않은데요."

일영이는 주머니에서 주민등록증을 꺼냈다. 일영이가 씩

하고 짓궂은 미소를 짓더니 주민등록증을 나에게 보여 줬다. 박사님의 조금 젊은 얼굴 사진이 붙어 있었다. 일영이는 주민등록증의 이름 부분을 손으로 가리켰다. 난 크게 웃고 말았다.

"사람의 개인 정보를 그렇게 아무에게나 보여 주면 안 되는 거다."

박사님은 약간 당황한 얼굴로 주민등록증을 가져갔다. 일영이와 난 마주 보고 웃었다.

"일영이라고 했지? 우리 축구팀에 들어오지 않을래? 매니저로 말이야."

"대일이도 있죠?"

"물론이지."

"그럼 좋아요."

선수 하나에 감독 하나, 그리고 매니저가 둘인 축구팀이 탄생하였다.

대일의 세계

    내 이름은 대일. 어릴 때의 기억은 거의 없다. 남은 기억
은 단 두 가지뿐.

    첫 번째는 여덟 살을 먹던 그해 그날의 생생한 기억이다.
그날도 오늘처럼 뜨거운 여름이었다. 바다에 갈 거라고 아
빠는 며칠 전부터 나에게 자랑하듯 이야기했다. 차가 막히
지 않도록 새벽에 떠난다고 했다. 그날 나는 새벽에 잠에서
깼다. 엄마는 더 자도 된다고 했지만 분주히 움직이는 엄마
와 아빠를 보며 앉아 있었다. 그날 우리 집은 지금처럼 언
덕에 있지 않았다. 작은 승용차도 한 대 있었다. 아빠와 엄
마는 며칠 동안 먹을 음식을 아이스박스에 채워 넣었다. 물
놀이에 필요한 옷가지도 가방 가득 담았다. 오랫동안 가야
하니 멀미를 할지도 모른다면서 엄마는 나에게 멀미약을

먹여 주었다. 기억을 떠올리면 약간 쌉쌀하면서도 달달한 그 맛이 혀에 느껴지는 듯하다.

엄마는 아빠와 앞좌석에 탔다. 나는 뒤에 혼자 앉아 있다가 곧 잠이 들었다. 멀미약 때문인지 계속 꿈을 꾸었다. 그러다 차가 약간 흔들리는 느낌이 들어 눈을 떴다. 이미 차는 고속도로에 접어들어 있었다. 새벽에 출발한 덕분에 시원하게 뚫린 길을 달렸다. 시간은 아직 8시도 되지 않았다. 엄마는 도착하려면 멀었으니 조금 더 자라고 말했다. 잠은 오지 않았다.

내 눈에 앞에서 달리는 트럭이 이상해 보였다. 간혹 우리 차선까지 바퀴가 들어왔다가 다시 돌아가는 것이 보였다. 아빠도 분명 앞을 잘 보고 있었다. 아빠는 트럭 뒤에서 달리는 것이 불안하다며 추월을 하려고 했다.

차가 조금 빨리 달렸다. 아빠가 추월을 거의 다 했을 때 트럭이 다시 중앙선 쪽으로 밀려 들어왔다. 그 순간 난 트럭 운전사의 얼굴을 보았다. 눈을 감고 있었다. 그리고 아빠와 엄마가 소리를 질렀다. 그 순간이 꿈처럼 느껴졌지만 생생하게 모든 것이 보였다.

트럭은 우리 차를 중앙 분리대로 밀어붙였다. 엄마가 타고 있던 조수석 쪽의 창이 깨졌다. 유리 조각이 차 안으로 밀려 들어왔다. 차가 왼쪽으로 밀리면서 중앙 분리대를 들이박았다. 아빠의 목이 앞으로 숙여졌다. 앞 유리가 깨지면서 운전대가 아빠의 가슴을 쳤다. 내 몸도 붕 떠올랐다. 난 뒷좌석에서부터 튕겨 올라 앞좌석을 지나갔다. 엄마와 눈이 마주쳤다. 슬픈 눈이었다. 나를 잡으려던 엄마의 손이 힘없이 나풀거렸다. 난 깨진 앞 유리를 통과해서 날아갔다. 우리 차가 보였다. 우리 차의 앞쪽이 알아볼 수 없을 정도로 부서져 있었다. 아빠도 엄마도 앞좌석에 그대로 앉아 있었다. 난 천천히 바닥으로 떨어졌다. 몇 바퀴를 굴렀는지 모르겠다. 세상이 돌고 있었고 흰빛과 어둠이 번갈아 나타났다. 머리가 아팠다. 너무나 아팠다. 내가 눈을 떴을 때는 할머니만 자리를 지키고 있었다.

두 번째 기억은 엄마가 읽어 주던 옛날이야기이다. 엄마는 그리스 신화 중에서 신과 영웅들이 등장하는 동화를 읽어 주곤 했다. 나는 자기 전에 엄마에게 책을 읽어 달라고 졸랐다. 어느 날은 한 권, 어느 날은 두 권. 헤라클레스의 이야기는 재미있어서 여러 번 읽어 달라고 했다. 엄마가 힘들어하는 날에는 아빠가 읽어 주기도 했다. 같은 이야기인데도 엄마에게 듣는 것과 아빠에게 듣는 것이 달랐다. 난 그중에서도 헤라클레스와 테세우스 이야기를 가장 좋아했다. 두 영웅은 같은 시대에 태어났다. 헤라클레스가 더 유명하기는 하지만 테세우스도 그에 못지않은 영웅이었다.

엄마와 아빠가 돌아가신 후에는 그런 영웅 이야기를 읽지 않았다. 그 대신 나에게는 그리스 신화의 신과 영웅들이 보였다. 할머니에게 이야기를 했더니 머릿속을 다쳐서 그런 거라며 슬피 우셨다. 그래서 할머니에게는 더 이상 신과 영웅들이 보인다는 말을 하지 않았다.

할머니와 살게 되면서 언덕 위 동네로 이사했다. 작은 집이지만 집 앞으로 차가 다니지 않아서 좋았다. 차를 타는 것이 싫다. 차를 타면 갑갑하고 숨이 막힐 것 같다. 그래서 난 달렸다. 달리지 않으면 늦는다. 학교를 갈 때도 달렸고, 집에 올 때도 달렸다.

비가 조금 내리는 날이었다. 운동장에서 공을 차고 있었다. 한쪽 끝에서 드리블해서 반대편 골대에 넣고, 또 그렇게 반대편 골대에 넣었다. 내가 공을 차면 머리에 붙은 독사들이 혀를 날름거리는 메두사가 길을 막기도 하고, 뒤에서는 켄타우로스가 네 다리로 힘차게 쫓아오기도 한다. 난 알고 있다. 이것이 환상임을. 실제로 그런 괴물은 존재하지 않음을. 하지만 내 눈에 보이는 것은 어쩔 수 없다. 그런 괴물이 보이면 피해야 한다. 실제인지 환상인지 확신이 없기 때문이다.

아빠가 실감 나게 이야기해 주었던 네미아의 사자가 앞

에 나타난 적이 있었다. 헤라클레스가 모험 중에 잡았다는 그 사자다. 괴성을 지르며 내게 달려들었다. 난 무서웠다. 하지만 모든 것이 환상이라는 할머니의 말을 기억해 냈다. 피하지 않았다. 그것이 진짜 환상이라면 도망가지 않고 버티면 될 것 같았다. 하지만 사자는 나에게 상처를 남기고 멀리 사라져 버렸다. 사자의 포효 소리가 멀리서 들렸다. 나중에 사람들은 내가 오토바이에 치였다고 말했다. 아마도 사람들 말이 맞을 것이다. 그러나 나에게 그 오토바이는 네미아의 사자였을 뿐이다.

운동장을 달리고 있는데 한 사람이 나타나 길을 막았다. 수비를 하는 자세였다. 할머니 덕분에 축구부에 들어가기는 했지만 내가 좀 이상하다는 이유로 같이 공을 차는 사람은 거의 없었다. 내 앞을 가로막은 사람의 얼굴이 똑똑히 보였다.

나는 몇 명의 사람을 제외하고는 얼굴을 구별하지 못한다. 아무리 봐도 모두 똑같이 생겼다. 차라리 신으로 보이거나 괴물로 보이는 사람이 나았다. 그런 사람은 확실히 구별할 수 있으니까. 할머니, 엄마, 아빠 말고는 사람으로 확실히 구별할 수 있는 사람은 드물다. 그런데 내 앞에 서 있는 이 사람은 확실히 구별할 수 있을 것 같다는 느낌이 들었다.

이 사람은 할머니보다는 검은 머리가 많지만 머리가 희끗희끗했다. 하얀색 상의에 검은색 바지를 입고, 체격은 호리호리한 편이다. 지금 나에게 장난을 걸고 있는 것 같지는 않았다. 심각하고 진지하게 내 공을 빼앗으려 달려들고 있었다. 눈은 동그랗게 뜨고, 입은 굳게 다물었다.

나는 쉽게 공을 빼앗기지 않았다. 이 사람은 열심히 달려들었지만 내가 충분히 지켜 낼 수 있을 만한 수준이었다. 나는 가볍게 그 사람을 제치고 앞으로 달려갔다. 내 공을 뺏기 위해 그 사람은 뒤에서 태클까지 했다. 나는 그 사람의 발에 걸려 넘어졌다. 실제 축구 경기였다면 옐로카드에서 레드카드까지 받을 수 있는 반칙이었다. 그런데 이 사람은 그런 것에 신경 쓰지 않는 것 같았다. 빼앗은 공을 몰고 반대편 골대를 향해 달리기 시작했다. 나도 질 수 없었다. 아무래도 달리기는 내가 훨씬 빨랐다. 하프 라인도 넘기 전에 그 사람을 따라잡았다.

내가 앞을 가로막자 그 사람은 나를 돌파하려고 페인트를 썼다. 어깨를 왼쪽으로 한 번 움찔하더니 다시 오른쪽으로 돌았다. 내 눈에는 너무나도 느리게 보였다. 아까 당한 것도 있어서 가볍게 태클을 해 주었다. 그 사람은 나만큼은 유연하지 못했다. 태클에 당해서 두 바퀴 정도 운동장을 구르더니 천천히 옷을 털고 일어났다.

"훌륭하구먼."

그 사람이 입고 있던 하얀색 와이셔츠는 흙이 묻어서 황토색이 되어 있었고, 옆구리 부위가 조금 찢어지기까지 했다. 머리카락은 땀에 절어서 찰싹 달라붙었다. 그래도 기분이 나쁜 것 같지는 않았다. 나도 오래간만에 사람과 부딪치며 달렸더니 기분이 좋았다.

"이렇게 실력이 좋은데 왜 혼자서 이러고 있는 거냐?"

몸과 몸을 부딪치고 나니 그 사람이 마음에 들었다. 무엇보다 얼굴이 확실히 보여서 더욱 믿음이 갔다. 나는 그간의 사정을 이야기했다. 환상이 보인다는 말은 하지 않았다. 할머니가 어디 가서 그런 말은 하지 말라고 했기 때문이다. 그런데 그 사람이 나에게 물었다.

"혹시 말이다, 뭔가 남들에게 말할 수 없는 것은 없냐? 난 네가 한 말을 모두 믿을 준비가 되어 있다."

나는 머뭇거렸다. 그래도 뭔가 이야기를 한다면 이 사람에게 하는 것이 맞을 것 같았다.

"그런데 아저씨는 어떤 사람인가요?"

"글쎄다, 나를 뭐라고 설명해야 할까? 난 그냥 보통 사람이다. 박사님이라고 부르면 된다."

"이름이 박사인가요?"

이 사람은 조금 당황한 것 같았다. 얼굴에 처음으로 표정이 나타났다. 입 꼬리가 살짝 올라가려고 했다. 하지만 그것은 웃는 표정이 아니었다. 오히려 표정을 감추려 하고 있었다.

"뭔가 감추고 싶은 것이 있나요?"

그 사람은 한참 동안 말이 없더니 드디어 입을 열었다.

"넌 보통 사람보다 확실한 통찰력을 가지고 있구나. 네 말이 맞다. 이름이 박사다. 그러니까 박사님이라고 불러 주면 좋겠다. 아저씨와 할아버지의 중간쯤 되는 나이니까 그냥 이름을 불러 주면 좋을 것 같구나. 그리고 난 아까 말했듯이 일반적인 사람이다. 하고 싶은 것도 많고, 어려운 사람을 도와주고도 싶어 하는 일반적인 그런 심성을 가진 사람이다. 그래서 너를 도와주고 싶은 것뿐이다."

"그러면 제가 박사님을 도와줄 일도 있나요?"

"아마도 충분히 많을 거다. 네가 원하든 원치 않든 넌 사람에게 도움을 주는 존재가 될 거다."

자신을 이름으로 불러 달라는 이 사람이 마음에 들었다. 난 할머니가 하지 말라던 이야기를 했다. 박사님은 이야기를 천천히 다 들어 주었다.

"넌 그것을 부끄럽게 생각할 필요 없다. 다만 조금 불편할 뿐인 거다. 다리를 못 쓰는 장애인은 스스로 불편할 뿐이지 남에게 부끄러운 존재는 아니다. 다리가 불편한 사람처럼 너도 머리를 다쳐서 약간의 장애를 가진 것뿐이다. 너도 아마 불편할 것이다. 하지만 네 기준만 확실하면 그 불편을 충분히 이겨 나갈 수 있을 거다."

"예, 전 이미 그렇게 생각하고 있어요. 불편하다고 불행해지는 것은 아니니까요."

"그래, 그렇구나. 너에게 배울 것이 많을 것 같다. 앞으로 나와 여기서 축구를 하는 것이 어떻겠냐? 같이 할 사람이 필요할 것 같은데 말이다."

"그런데 너무 느리시던데요. 저에게 큰 도움이 되지는 않을 것 같아요."

"느림보라도 있는 것이 없는 것보다는 낫다. 그리고 재미도 있을 것 아니냐."

"재미가 있을지는 모르겠지만 박사님이 원하신다면 그렇게 하세요."

박사님은 혼자 허허 웃었다.

"꼭 작은 내가 이야기하는 것 같구나."

난 박사님과 전혀 똑같이 생기지 않았으니 '작은 나'라고 한 것은 틀린 말이지만, 저녁마다 함께 축구를 하기로 했다.

아침에 일어났다. 오늘도 학교에 축구를 하러 간다. 튼튼한 모자가 눈에 띄었다. 오늘은 저것을 신고 가야겠다. 축구화는 매일 신으니 오늘은 새로운 것을 신고 싶다.

동네에서 학교까지 가는 것은 별로 어렵지 않다. 언덕 위에서 아래로 달리는 길이기 때문이다. 너무 빨리 달려서 넘어지는 것만 조심하면 된다.

달리는 도중에 아프로디테를 만났다. 참으로 아름다웠다. 할머니가 말하는 환상인지 확인하려고 계속 눈을 비볐다. 하지만 아프로디테는 사라지지 않았다. 아프로디테는 내가 달려가는 도중에도 사라지지 않고 나를 바라보고 있었다.

난 일부러 그 앞에서는 천천히 뛰었다. 계속 눈이 마주쳤다. 아프로디테의 표정에는 아무 변화가 없었다. 내가 천천히 걷다시피 하면서 앞을 지나가려 하자 아프로디테가 말을 걸었다.

"왜 모자를 신고 다니니?"

질문을 이해할 수 없었다. 모자를 신는 것은 당연한 일이다. 주스를 마시던 사람이 간혹 시원한 생수를 마시고 싶을 때도 있을 텐데, 그 이유를 설명하라고 하니 말을 할 수 없다. 그냥 신고 싶어서 신은 것뿐이다. 난 혼란스러워서 대답을 하지 못했다.

내가 아프로디테를 바라보자 그녀의 표정이 조금 변했다. 양 미간이 좁아졌고 눈동자가 흔들렸다. 나를 똑바로 보지 않았다. 그래도 아프로디테는 아름다웠다. 난 다시 달렸다.

아프로디테의 모습이 계속 눈에 아른거렸다. 그 생각을 하다가 너무 빨리 달렸나 보다. 그만 언덕길에서 넘어지고 말았다.

운동장에 도착하자 감독님이 보였다. 감독님은 확실히 알아볼 수 있다. 언제나 붉은색 옷을 입고 나를 볼 때마다 팔자 눈썹이 된다. 그리고 항상 좌우로 눈을 굴린다. 그래서 알아볼 수 있다. 다른 선수들은 푸른색 유니폼을 입고 있다. 나랑 같은 색깔의 유니폼이다. 하지만 선수들의 얼굴은 알아볼 수 없다. 그냥 눈, 코, 입이 있다는 것은 알겠지만 다들 똑같이 생겼다.

감독님은 나를 보더니 내 발을 내려다봤다. 팔자 눈썹이 더욱 일어섰다. 이마에 주름도 깊어졌다. 입을 크게 벌렸다가 이내 다시 다물었다. 그러고는 한숨을 내쉬었다. 할머니도 나를 보면 간혹 한숨을 내쉬곤 한다. 그리고 항상 아무 일도 아니라고 말하곤 했다. 지금 감독님에게 물어보면 아무 일도 아니라고 말할 것 같아서 물어보지 않았다.

감독님은 나에게 운동장을 뛰라고 했다. 그러고는 다른 선수들을 데리고 한쪽으로 가서 두 명씩 짝을 지어 패스 연습을 하라고 시켰다. 내가 그 모습을 바라보자 멀리서 손을 들고 크게 원을 그려 보여 주었다. 처음에는 두 개의 원을 그렸다. 내가 계속 쳐다보고 있으니 열세 개의 원을 재빨리 그렸다. 원을 그리는 감독님의 얼굴이 조금 붉어진 게 멀리서도 보였다. 감독님은 다시 한숨을 내쉬었다. 감독님이 뭐라고 말하자 앞에 있던 선수 하나가 나에게 달려와 말했다.

"감독님이 너보고 운동장 돌고 있으래."

난 고개를 끄덕였다. 얼굴이 없는 선수는 다시 자기 자리로 돌아가서 패스 연습을 했다. 나도 패스 연습을 하고 싶었지만 짝이 없었다. 그리고 감독님의 지시가 있었기에 운동장을 달렸다.

운동장을 몇 바퀴 달리고 나니 발이 조금 아팠다. 모자에 구멍이 났다. 운동장을 달리기에는 모자가 적당하지 않은 것 같다. 그래서 아프로디테가 나에게 왜 모자를 신었는지 물었나 보다. 앞으로 운동장을 달릴 일이 있거나 축구를 할 때는 모자를 신지 말아야겠다.

스무 바퀴쯤 돌았을 때 한 선수가 오더니 감독님이 집에 가라고 했다고 전했다. 오늘은 아직 한 번도 공을 차지 못했다. 하지만 모자에 구멍이 났으니 집에 가야 하는 건 맞다.

집에 오니 배가 고팠다. 할머니는 집에 없었다. 할머니는 요즘 '노인정'이라는 간판이 붙어 있는 집에 자주 간다. 그 앞을 지나가면 웃음소리가 흘러나온다. 난 할머니가 그곳에서 살았으면 좋겠다.

학교에서 훈련을 하면 점심을 먹을 수 있는데 오늘은 일찍 와서 밥을 먹을 수 없다. 축구화로 갈아 신고 학교를 다시 가면 점심시간이 지날 것이다. 결국 오늘은 밥을 먹을 수 없다.

난 내 공을 들고 학교로 돌아갔다. 운동장에서 혼자 공을 차고 있는데 한 선수가 다가왔다.

"감독님이 들어가라고 했는데 왜 나왔느냐고 하시는데?"

"들어갔다가 왔어요."

난 누구에게나 존댓말을 쓴다. 할머니가 그렇게 말했다. 난 누구에게나 존댓말을 써야 한다고.

"저기, 저……."

그 선수는 약간 더듬더니 돌아갔다. 한쪽 구석에 감독님의 붉은색 셔츠가 보였다.

그림자가 길어졌다. 이 정도 그림자가 되면 박사님이 올 것이다. 어제 같이 축구를 하자고 약속했으니 난 기다려야 한다.

느닷없이 뒤에서 태클이 들어왔다. 다리는 건드리지 않고 공만 건드린, 텔레비전에서나 보던 아주 멋진 태클이었다. 공이 앞으로 데굴데굴 굴러갔다. 난 공을 잡으려고 달렸다. 뒤를 보니 박사님이 넘어져 있었는데 팔과 다리 모양은 태클을 하는 자세 그대로였다.

"왜 그러고 가만히 계세요? 태클을 했으면 공을 잡으러 가야지요."

난 궁금해서 물어보았다.

"가만, 가만, 날 그대로 둬라. 갑자기 움직여서 그런지 허리에 담이 든 것 같다."

박사님은 같은 자세로 5분은 누워 있었다. 그사이에 강아지와 비슷한 소리를 냈지만 가만히 두라고 해서 그냥 옆에서 혼자 공을 차며 놀았다.

박사님이 허리에 손을 얹고 비틀거리며 일어났다.

"책에서는 이렇게 아프다고 되어 있지 않았는데……."

"다시 한번 해 보세요."

"뭐라고?"

"왜 아픈지 궁금해요. 다시 한번 해 보세요."

난 태클을 할 때 별로 아프지 않았다. 그래서 어떻게 하면 태클이 아픈지 궁금했다. 박사님의 흰 와이셔츠 곳곳에 검은색 얼룩이 묻어 있었다.

박사님이 나를 바라보았다. 턱이 약간 네모나게 변했고, 눈썹이 아래로 움찔거렸다. 그렇게 나를 한참 보더니 달려들어서 태클을 했다.

왜 아픈지 이제 알 것 같았다. 박사님은 너무 높은 자세

에서 몸을 던졌다. 저렇게 뛰면 미끄러지는 거리보다 공중
에 떠서 날아오는 거리가 더 길다. 그러면 허리가 많이 아
플 것이다.

박사님은 한동안 아까처럼 자리에 누워 있었다.

"그래, 이제 이유는 찾았니?"

"네."

"그러면 말을 해 줘야지. 왜 그런지."

나만 궁금한 줄 알았는데 박사님도 궁금한 모양이었다.

"너무 높게 떠서 그래요. 그래서 허리가 울리는 거예요."

"그러면 어떻게 하면 좋겠냐?"

"뭐가요?"

"안 아프려면 어떻게 해야 하겠냐?"

"가장 좋은 방법은 태클을 안 하시는 거죠."

"태클을 하면서 안 아픈 방법은 뭐냐?"

"안 아픈 방법은 없어요."

"그러면 조금 덜 아픈 방법은?"

"잘 모르겠는데, 다시 한번 해 보실래요? 덜 아픈 방법을
생각하면서 볼게요."

박사님은 다시 한번 강아지와 비슷한 소리를 냈다. 그러
더니 태클은 하지 않겠다고 말하며 일어섰다.

"오늘은 특별한 일이 없었니?"

"무엇이 특별한 일이죠?"

"평소에 못 보던 사람을 봤다거나 하는 것 말이다."

"아프로디테를 만났어요. 오늘 처음으로. 우리 동네에 살아요."

"그런 신을 만나면 기분이 좋아지냐?"

"신에게는 소원을 빌 수 있잖아요. 할머니는 눈에 보이는 것을 다 믿지 말라고 하지만 그런 신이 나에게 보인다는 것은 행운 같아요. 남들이 느끼지 못하는 감정까지 느낄 수 있으니까요. 저도 제가 남들과 다르다는 것을 알고 있어요. 그러니까 신이라도 내 주위에 나타나서 나를 도와줬으면 좋겠어요. 그게 신들의 역할이니까요."

박사님은 나를 가만히 바라보았다. 그러다가 입을 열었다.

"아마도 너를 도와줄 신이 반드시 나타날 거다. 네가 이렇게 노력하고 있는데 신이 아무것도 안 한다면 그것은 직무 유기지."

"직무 유기가 무슨 뜻이에요?"

"자기가 할 일을 하지 않고 있다는 뜻이야."

"그렇다면 신은 직무 유기를 하지 않을 거예요. 신은 지금 누군가 힘이 필요한 사람을 도와주고 있을 거예요. 아직 제 차례가 오지 않았을 뿐이죠."

"그래, 차례가 올 때까지 기다리기만 하면 되니까 그게 더 희망적이구나. 그렇다면 아프로디테에게 바라는 것은 무엇이냐?"

"아프로디테는 사랑의 여신이잖아요."

내가 말을 다 하지도 않았는데, 박사님의 입이 약간 길어져서 한 일(一)자가 되었고, 눈도 그에 따라서 약간 휘면서 작아졌다.

박사님은 갑자기 스탠드로 가더니 스케치북을 가지고 왔다. 그리고 그림 한 장을 펼쳐 보여 주었다. 선이 아주 복잡하게 이곳저곳으로 뻗친 그림이었다. 그러나 아름다운 것을 발견할 수 있었다.

"어떠냐? 요즘 내가 그림을 그리고 있는데."

"아프로디테예요."

박사님이 그림과 나를 번갈아 보더니 어깨를 으쓱하고 입꼬리를 올렸다.

햇살이 따가웠다. 여름이 더운 것이 당연한 일이니까 불평을 하는 것은 정당하지 못하다. 만약 여름이 덥다고 불평했다면 가을의 시원함에 대해서도 불평해야 했다. 불평의 가장 큰 문제점은 그 불평을 들어 주고 해결해 줄 사람이 존재하지 않는다는 것이다. 결국 불평은 자신에게 하는 것이니까 내가 해결하지 못할 불평을 할 이유는 없다.

따가운 햇살을 막아 줄 무엇인가가 필요했다. 곰 인형을 머리에 썼다. 이상하게도 머리에 잘 맞지 않는지 조금만 움직이면 바닥에 떨어졌다. 하지만 운동은 하러 가야 했다.

한 손으로 곰 인형을 붙잡고 달렸다. 할머니가 나를 보고 곰 인형을 두고 가라고 했지만, 햇빛이 눈을 찔러서 어쩔 수 없었다.

골목으로 접어드는데 아프로디테가 보였다. 여전히 아름다운 모습이었다. 내 생각이지만 당연한 일이다. 아프로디테는 미의 여신이니까 언제 보아도 아름다울 것이다.

그런데 미의 여신이 목발을 짚고 있었다. 그래도 상관없다. 목발과 아름다움은 아무 관계없는 것이니까. 그 옆에는 나랑 매일 축구를 하는 박사님도 있었다. 난 박사님에게 인사를 했다. 여신에게는 어떻게 인사해야 할지 잘 모르겠다. 신에게 인사하는 법은 배우지 못했다. 곰 인형이 또 굴러 떨어졌다.

"모자가 자꾸 떨어지는 모양이구나."

사실 모자가 아니라 곰 인형이었지만, 박사님은 모자로 부르고 싶어 하는 것 같아서 아무 말 하지 않았다.

"예, 이상하게 몇 걸음 안 가서 자꾸 떨어지네요."

"어디 보자. 끈으로 묶으면 안 떨어질 것 같은데, 내가 묶어 줄까?"

"인형을 끈으로 묶고 다니면 바보처럼 보이지 않을까요?"

머리에 쓰는 인형을 또 끈으로 묶는 것은 필요 없는 기능을 추가하는 것 같다. 마치 자물쇠를 잃어버리지 않으려고 그 위에 또 자물쇠를 채우는 것과 같은 이치다.

"그래도 자꾸 머리에서 떨어지는 것보다는 나을 거다. 운동하기에 불편한 것보다는 보기에 좀 안 좋은 편이 낫지 않겠느냐?"

이번에는 박사님 말이 맞는 것 같다. 축구를 하려고 인형을 쓰고 나왔는데 인형이 굴러 떨어져서 축구를 못하면 내가 한 행동의 의미가 없어지는 것이다.

머릿속으로 부등호를 그려 보았다. 축구 쪽으로 부등호의 입이 열렸다.

"그럴까요?"

박사님은 주머니에서 신발 끈 같은 것을 꺼내더니 곰 인형을 능숙하게 묶어서 머리에 고정해 주었다. 박사님은 이런 일을 자주 하는 것 같아서 안심했다.

아프로디테는 그 모습을 계속 지켜보고 있었다. 처음 봤을 때보다 약간 눈이 커졌고, 뭔가 말하려는 듯 입을 살짝 벌리고 박사님과 나를 번갈아 보았다. 하지만 내 기대와는 달리 입만 벌리고 있을 뿐 아무 말도 하지 않았다. 그런데 왜 박사님은 아프로디테와 같이 있으면서도 나에게 말해 주지 않았을까?

다음에는 꼭 물어봐야겠다고 생각하고 인사를 하고 다시 달렸다. 머리에서 인형이 떨어지지 않으니 조금 쉽게 달릴 수 있었다.

아직 운동장에 아무도 오지 않았다. 몸도 풀 겸 혼자 달렸다. 시간이 좀 지나자 감독님과 선수들이 운동장으로 나왔다. 실내에 있었던 모양이다. 요즘은 나에게 어디서 연습을 시작한다는 말을 잘 해 주지 않았다.

난 감독님을 찾아가서 인사했다. 나를 본 감독님의 눈가에 주름이 깊어졌다. 감독님은 입을 약간 벌리더니 한숨을 푹 쉬었다.

"됐다. 어차피 넌 경기에 뛰지도 않을 테니 운동장에 가서 달리기나 해라."

"저도 경기에 나가고 싶은데요."

감독님은 입꼬리를 살짝 올리더니 피식하고 웃었다. 사람이 웃는다는 것은 기분이 좋다는 뜻이다. 시합에 나갈 수 있다는 뜻일 거다. 하지만 감독님은 웃음과는 정반대의 이야기를 했다.

"너 같은 놈이 어떻게 경기에 나가? 너 여기 선수들 이름이나 알아?"

난 이름은 전부 외우고 있다. 얼굴은 구별이 되지 않지만 등에 이름이 쓰여 있기 때문에 유니폼을 입으면 구별할 수 있다. 그런데 평소에는 유니폼 대신 똑같이 생긴 트레이닝복을 입기 때문에 구별할 수 없다.

"이름은 전부 알고 있습니다."

"그러면 저기 제일 오른쪽에 서 있는 선수 이름이 뭐야?"

감독님은 한 선수를 가리키며 물었다. 선수들은 오늘도 트레이닝복 차림이다. 다들 똑같이 생겨서 알 수가 없다. 난 대답할 수 없었다.

"같이 뛰는 사람도 못 알아보는 네가 무슨 수로 시합에 나가? 할머니가 사정해서 겨우 뛰게 해 줬더니 이건 뭐 날이 갈수록 애가 왜 이 모양이야? 어차피 넌 시합에 못 나가니까 알아서 탈퇴해. 그리고 창피하니까 이쪽으로 오지 말고 눈에 잘 안 띄는 데서 달리든지 말든지 알아서 해."

난 억울했다. 선수들의 이름을 전부 알고 있는데도 안 된다고 했다. 난 창피한 존재가 아니다. 할머니도 날 사랑스러운 손자라고 했다. 박사님도 그랬다. 난 절대로 창피한 존재가 아니다.

내가 창피한 존재가 아니란 것을 감독님에게 알려 주고 싶었다. 그러려면 내 어떤 모습이 창피한지 알아야 했다.

"무엇이 창피한데요?"

"시끄러워. 아직도 안 갔어? 빨리 눈앞에서 꺼지라고."

눈앞에서 꺼지라는 말은 안 보이는 데로 가라는 말과 같았다. 난 감독님 눈에 띄지 않는 곳으로 가려고 운동장 구석으로 갔다. 창피하다고 말하는 감독님은 전혀 창피해하지 않았다. 나도 내가 창피하지 않다. 도대체 누가 창피하다는 것인지 알 수 없었다. 아무도 창피해하지 않는데 내가 창피한 존재일 리는 없다.

감독님은 바보인 것 같다. 아무래도 창피하다는 말의 뜻을 잘 모르고 있는 듯하다. 그 뜻을 알려 주려면 시간이 좀 필요하다. 감독님은 화를 잘 내니까 화내지 않도록 하려면 일단 말을 들어야 한다. 할머니도 나에게 감독님 말씀을 잘 들으라고 했다.

점심을 먹고도 난 크게 할 일이 없었다. 감독님은 달리든지 말든지 알아서 하라고 했다. 달리는 것과 달리지 않는 것을 비교해 보았다. 달리지 않으면 운동장에 있을 이유가 없다. 운동장이란 달리고 운동하는 곳이니까 달리지 않을 거면 집에 가든지, 다른 곳으로 가야 한다.

달리는 것은 튼튼해지는 것이다. 튼튼해지면 축구도 더 잘할 수 있다고 했다. 그러니까 달리는 것이 맞다. 감독님은 이런 당연한 이야기를 왜 알아서 하라고 했는지 모르겠다. 그래서 난 달렸다.

그림자가 다시 길어졌다. 이 정도로 그림자가 길어지면 박사님이 왔다. 뒤를 돌아봤다. 다시 태클을 할지 모르기 때문이다. 오늘은 태클을 하지 않았다. 어제 태클을 하지 않겠다고 말한 것이 진짜인가 보다. 간혹 사람들은 자신의 말을 지키지 않는다. 박사님은 자신의 말을 지키는 사람 같다.

대신 박사님은 오늘 스탠드에 앉아서 나를 지켜보고 있다. 그 옆에 누가 앉아 있는데 멀리서 보니 누구인지 알 수 없었다. 또 하나의 얼굴 없는 사람일 수도 있다. 사실 대부분은 얼굴 없는 사람이니까 누군지 알 수 없는 게 당연하다.

운동장을 두 바퀴 더 돌고 있는데 박사님이 불렀다. 감독님이 마음대로 하라고 했으니까 난 달리기를 멈추고 박사님에게로 갔다. 가까이 다가갈수록 옆에 앉은 사람이 또렷이 보이기 시작했다.

헤라클레스. 엄마와 아빠가 가장 재미있게 읽어 주었던 이야기의 주인공 헤라클레스가 거기 앉아 있었다. 상상 속의 헤라클레스와는 달랐다. 사자 가죽을 뒤집어쓰고 있지도, 몽둥이를 들고 있지도 않았다. 하지만 박사님 옆에 앉아 있는 사람은 분명 영웅 헤라클레스였다.

난 헤라클레스 같은 영웅이 되고 싶었다. 하지만 헤라클레스 같은 영웅이 된다는 말은 결국 나는 헤라클레스가 아니란 말과 같았다. 그러니까 난 '헤라클레스처럼 되고 싶은' 영웅밖에 될 수 없다는 말이다.

"어, 난 그냥 회사원이고 박사님이랑 아는 사람이야. 그런데 궁금한 게 있는데 왜 곰 인형을 쓰고 달리고 있니?"

헤라클레스가 나에게 물었다. 스핑크스의 수수께끼처럼 들렸다. 말뜻은 모두 알 수 있었지만 선문답 같았다. 인형을 쓴 이유는 모두 알고 있는데 그것을 괜히 물어본 것 같지는 않았다.

아무리 고민해도 답이 나오지 않았다. 정직하게 대답할 수밖에 없었다.

"햇볕이 따가우니까요."

헤라클레스는 눈을 크게 떴다. 헤라클레스는 나에게 모자를 써야 하지 않느냐고 했다. 물론 모자를 쓸 수도 있었지만 모자가 어떻게 생긴 것인지 떠오르지 않았다. 머릿속에는 '모자'란 단어만 왔다 갔다 할 뿐이었다.

"모자를 써도 되겠지요. 그런데 모자가 어떻게 생긴 것이지요?"

헤라클레스는 아무 대답이 없었다. 눈동자를 다른 곳으로 굴리고 있었다. 헤라클레스의 모습이 사라지고 있었다. 평범한 다른 사람처럼 헤라클레스가 모습을 감추려 하고 있었다.

"그런데 아저씨는 헤라클레스인가요?"

헤라클레스가 모습을 감추기 전에 얼른 물어보았다. 가만히 있으면 나의 헤라클레스는 사라질 것이다.

"아니, 난 그냥 평범한 직장인이야. 뛰어날 것 하나 없는."

"아니요, 아저씨는 헤라클레스예요. 아저씨는 아직 모르겠지만 전 그걸 알아볼 수 있어요. 그렇죠, 박사님?"

난 확신했다. 아프로디테도 박사님과 함께 있었고 헤라클레스도 같이 있었다. 박사님은 신과 영웅을 알아볼 수 있는 사람이 틀림없었다.

박사님은 나에게 돌아가서 연습을 하라고 했다. 다시 헤라클레스의 모습이 나타나고 있었다. 난 헤라클레스 같은 사람이 되고 싶다. 엄마가 들려준 이야기 속에도 헤라클레스를 닮고 싶어 하던 영웅이 있었다. 테세우스는 헤라클레스처럼 되고 싶었다. 그래서 모험을 떠나 수많은 적을 물리쳤다. 나는 테세우스다. 헤라클레스를 보고 배워서 나도 테세우스가 될 것이다.

웃을 수 있었다. 새로운 희망이 생겼다. 헤라클레스를 바로 옆에서 보고 배울 수 있으니 난 반드시 테세우스가 될 것이다.

박사님은 평소와는 다르게 헤라클레스와 이야기했다. 난 계속 운동장을 돌았다. 오늘은 공이 없어서 박사님이 같이 하지 않는 것인지도 몰랐다. 곰 인형은 벗었다. 저녁이라 해가 많이 기울기도 했고, 아무래도 헤라클레스가 인형을 쓰고 있는 것을 좋아하지 않는 것 같았다. 일단은 헤라클레스의 말을 믿어 보기로 했다.

집으로 돌아왔다. 몸은 피곤하지만 정신은 또렷했다. 할머니와 같이 방에 누웠다. 창문으로 달이 보였다. 난 부모님에게 감사했다. 나에게 헤라클레스와 아프로디테를 알아볼 수 있는 능력을 준 것에 대해.

오래간만에 감독님이 역할을 하나 주었다. 내일 있을 친선 경기에 대비해서 팀을 나눠 연습 시합을 한다고 했다. 난 중앙 수비수였다. 우리는 붉은색 조끼를 입었다. 주전들은 유니폼을 입고 경기를 하고, 후보들은 붉은색 조끼를 입고 경기를 한다. 조끼를 입으니까 백넘버와 이름이 보이지 않는다. 그래도 중앙 수비수니까 공만 주지 않으면 된다. 감독님도 중앙에서 꼼짝하지 말라고 했다. 중앙 수비수는 나를 포함해서 두 명이었다.

주전들이 공격했다. 난 중앙에서 수비를 해 본 적이 별로 없었다. 혼자 공을 몰고 다닌 적이 훨씬 많기 때문에 내 자리를 지킨다는 것이 잘 이해되지 않았다.

거의 일방적인 경기였다. 주전들이 계속 우리 골문으로

쇄도했다. 난 감독님의 지시대로 가운데를 지키고 서 있었다. 내 쪽으로 공이 오면 힘껏 걷어 냈다. 무조건 붉은 조끼가 보이는 곳으로 공을 찼다. 재미가 없었다.

축구란 골문에 공을 넣으려고 하는 것인데 난 공이 들어가는 것을 막기만 해야 했다. 감독님은 후보들에게는 아무 지시도 하지 않았다. 후보 팀은 내가 보기에도 우왕좌왕했다. 주전이 공격하면 속수무책이었다. 내가 뛰어나가면 가운데가 비었다. 가만히 있으면 왼쪽 오른쪽에서 계속 공이 날아왔다. 주전들은 우리를 힘차게 밀치며 슛을 했다. 나도 몇 번 바닥에 쓰러졌다. 그러나 반칙 휘슬은 울리지 않았다.

감독님은 시합 전에 다칠 수도 있으니 태클 같은 것은 하지 말라고 했다. 하지만 주전들은 태클을 했다. 우리 후보 팀이 공을 잡고 조금만 드리블을 하면 바로 태클이 들어왔다. 주전들이 공을 빼앗으면 감독님은 박수를 보냈다.

이상한 경기였다. 혼란스러웠다. 후보 팀과 주전 팀에게 적용되는 규칙이 전혀 달랐다. 분명히 감독님은 연습 시합이라고 말했다. 시합은 서로 똑같은 규칙에서 해야 하는 것인데, 아무도 그 부분을 이상하게 생각하지 않았다.

우리 팀은 벌써 세 골이나 먹었고, 전후반 삼십 분씩 뛰기로 한 전반전은 그렇게 끝났다.

"아, 축구부 관둘까. 몇 명 빼고는 차라리 지금부터 공부를 하는 편이 나을 것 같아."

옆에 앉아서 물을 마시던 아이가 말했다. 경기 때는 얼굴이 보이지 않았는데 이제 얼굴을 알아볼 수 있을 것 같다. 볼에 살이 많은 아이였다. 난 아이의 조끼를 들추고 이름을 봤다. 박형석. 알고 있는 이름이었다. 얼굴이 있는 사람이 또 생겼다. 내가 조끼를 들출 때 형석이는 화들짝 놀랐다.

"무슨 짓이야?"

"박형석, 그게 이름이었군요?"

"뭐야? 정말 정상이 아니네."

"예, 맞습니다. 제가 좀 문제가 있어요, 머리 쪽에. 그래도 괜찮아요. 조금 불편할 때도 있지만 저에게는 다른 장점도 많이 있거든요."

"그런데 왜 같은 나이에 존댓말이야? 기분 이상하게."

"할머니가 전 어디서 실수할 수도 있으니까 누구에게라도 존댓말을 쓰라고 했어요."

형석이는 나를 빤히 바라보다가 풋 하고 웃었다. 얼마 전에 감독님이 웃고 나서 오히려 화를 낸 적이 있어서 형석이도 화를 내는 것은 아닌지 걱정되었다.

"이상한 녀석인 것은 맞는데, 재미있는 녀석이기도 하네."

형석이라는 친구의 얼굴이 이제 정확하게 보였다. 눈썹은 진했고 입술은 얇았다. 몸은 전체적으로 통통한 편이었다.

"그런데 수비만 보라고 하니 재미가 없어요. 공격을 해야 재미도 있을 텐데요. 수비를 하면서 태클도 못하게 하니까 어이없이 공을 빼앗기고요."

"우리야 뭐 주전들 연습 상대일 뿐이지. 주전들도 몇몇 빼고는 대부분 부모들이 감독에게 뭐라도 찔러 준 애들이 니까."

"뭘 찔러 줍니까?"

"돈이나 시계 같은 거겠지."

"공평하지 않은데요. 축구는 스포츠고 스포츠는 정정당당하게 해야 하는 거잖아요. 그렇지 않으면 스포츠가 아니죠."

"맞아. 그런데 어쩌냐, 이미 상황이 그런 것을……."

난 결심했다. 열심히 하면 아무리 감독님이라고 해도 실력을 알아볼 것이다.

"그런데 너 왜 사람을 알아보지 못하냐?"

"저도 그건 잘 모릅니다. 지금은 형석 님이 자세히 보이는데 아까는 누구인지 알아보지 못했습니다."

"아마도 넌 네가 관심이 있거나, 너에게 관심을 보이는 사람만 알아보는 모양이다. 내가 도와줄게. 얘들아, 이리로 와 봐."

형석이 다른 선수들을 불렀다.

"애는 지금 얼굴에 여드름이 많이 나 있어. 그리고 달릴 때 보면 약간 머리가 한쪽으로 쏠리지, 이름은 나도한이야."

나도한의 얼굴이 보였다. 짧은 머리에 눈도 코도 작았지만 키는 매우 컸다.

"애는 입술이 아주 두꺼워서 키스를 잘하게 생겼어. 달리기는 여기 후보 중에서는 가장 빠를 거야. 대신 다리가 짧아. 마라도나나 메시 같은 스타일이라고 생각하면 돼. 물론 실력이 그렇다는 뜻은 아니야. 이름은 이재욱."

재욱의 얼굴이 보였다. 형석은 그렇게 후보 팀 한 명 한 명을 모두 소개해 줬다. 대부분의 얼굴을 알아볼 수 있을 것 같았다. 내가 외워 둔 이름과 얼굴을 맞추어 보았다.

형석이 주전 선수도 설명했다.

"상대편은 구별 못해도 별 상관없지? 세 명만 외워 두면 될 거야. 가장 빨라 보이고 드리블도 가장 많이 하는 애가 성환이라는 애야. 주로 오른쪽에서 공격할 거야. 감독이 가장 좋아하는 애니까 공이 그 애한테 많이 갈 거야. 그리고 가운데에서 주로 헤딩하는 애가 있는데 그 애가 영석이. 실력은 별로인데 점프력은 좋아. 그리고 부모가 자주 찾아오지."

형석이의 설명을 잘 들었지만 그 아이들의 얼굴은 떠오르지 않았다. 여기 앉아 있는 아이들은 같은 후보라서 그런지 소개를 받으면서 내 어깨를 툭 치며 친근감을 표시하기도 했다.

"그런데 골을 넣으면 안 됩니까?"

"골을 넣기도 힘들지만, 우리가 너무 나대면 감독님이 싫어할 거야. 얌전히 있는 게 좋아."

"그래도 골을 넣지 않으면 지잖아요."

"지라고 하는 경기니까. 그리고 수비란 것도 중요해. 아무리 많은 골을 넣어 봐야 수비가 골을 더 많이 먹으면 지는 거야."

"그러면 후반에는 한 골도 먹지 않겠습니다. 수비가 중요하다는 것을 보여 주겠습니다."

난 자신 있었다. 이제 얼굴도 잘 알았고 이름도 알았다. 호흡만 맞추면 수비는 좀 더 쉬워진다.

후반전이 시작되었다. 전반과 선수 구성은 똑같았다. 서로 골대만 맞바꾸었을 뿐이다.

상대편의 오른쪽에 서 있는 선수가 공을 몰고 들어왔다. 공을 가장 많이 가지고 있는 걸 보니 아까 말한 성환이라는 아이인 듯했다. 미드필더로 올라가 있는 도한을 불렀다.

"도한님! 여기 중앙으로 와 주세요."

도한은 잠시 머뭇거렸지만 재빠르게 내가 있는 자리까지 달려왔다. 난 마음 놓고 공을 뺏으러 나갈 수 있었다. 성환이에게 달려들었다. 갑자기 두 명의 수비수가 자기에게 달려오자 당황한 듯했다. 성환이는 두 명 사이로 돌파하려고 했지만 내 발에 공이 걸렸다. 난 공을 드리블해서 몰고 나왔다. 내가 공을 잡자 골대 쪽으로 달려가는 우리 편의 붉은 조끼가 보였다. 바로 맨 앞에 달리고 있는 선수에게 공을 보냈다. 대부분의 선수가 공격을 하러 나왔던 주전 팀은 황급히 자리를 지키기 위해 돌아갔다. 나에게 공을 받은 선수가 슛을 했다. 상대편 골망이 철렁거리는 것이 보였다. 골이었다. 우리 편도 골을 넣었다.

　우리 팀 아이들은 소리를 지르지는 않았지만 기분이 좋아 보였다. 모두의 눈이 반달 모양이 되었다.

　한 골을 넣은 이후에는 팀워크가 눈에 띄게 좋아졌다. 내가 누군가를 막으러 달려 나가면 다른 한 명이 내 자리를 지켜 주었다. 후반전 들어서 주전 팀은 거의 슛을 해 보지 못했다. 수비하는 것도 재미있었다. 물론 앞으로 달려 나가서 슛을 하는 재미에는 미치지 못했지만 아이들의 얼굴이 보이고 아이들과 호흡하면서 경기를 하니까 이게 진짜 축구구나 하는 생각이 들었다.

　또 오른쪽이 뚫렸다. 이제 시간은 몇 분 남지 않았다. 난 반사적으로 달려 나갔다. 그리고 태클을 했다. 정확하게 공에만 발을 갖다 댔다. 태클은 사람에게 하는 것이 아니라

공에 하는 것이라고 책에서 봤다. 공을 몰고 오던 아이는 내 발에 걸리지도 않았는데 넘어졌다.

감독님이 경기장에 들어왔다.

"태클하지 말라고 했잖아. 너 뭐하는 녀석이야? 바보 녀석을 경기에 끼워 주니까 방해만 하고 말이야. 당장 경기장에서 나가! 운동장 돌고 있어!"

형석이와 다른 아이들은 고개만 숙이고 있었다.

"오늘 연습 경기는 여기서 끝. 내일 시합이 있으니까 이만 휴식 취하고 조금 있다가 스트레칭하고 귀가하도록!"

감독은 나에게 태클을 받고 넘어졌던 아이에게 다가가 어깨동무를 했다. 그 아이의 얼굴은 아직도 정확하게 보이지 않는다. 조끼를 벗다가 나와 눈이 마주친 형석이 오른손 엄지를 펼쳐 보였다. 나에게 왜 엄지를 보여 주는 것인지는 모르겠지만 입꼬리가 올라간 것으로 보아 기분이 좋은 상태 같았다. 내 오른손 엄지손가락을 바라보았다. 아무것도 없었다.

운동장을 달리는 동안 그림자가 길어졌다. 박사님이 올 시간이다. 잘하면 헤라클레스도 같이 올 것이다. 스탠드를 바라봤다. 오늘은 박사님이 오지 않았다. 언제부터인지 나는 박사님을 기다리고 있다. 오늘은 오지 않아도 괜찮다. 낮에 시합을 하면서 여러 사람을 알게 되었다. 앞으로 얼굴이 보이는 사람과 축구를 할 수 있을 것 같다.

운동장을 한 바퀴 더 돌고 다시 스탠드를 바라봤다. 박사님은 여전히 없었지만 헤라클레스가 왔다.

내가 바라고 기대한 것이 이루어졌다. 난 헤라클레스에게 달려갔다. 달리는 동안 내 입꼬리가 하늘 쪽을 향했다.

"오셨군요. 오실 줄 알았어요."

헤라클레스는 왜 내가 다른 축구부원하고 훈련하지 않는지 물어봤다. 나는 내일 시합에 뛰지 않을 거니까 혼자서 훈련하고 있다고 말했다. 헤라클레스는 잠시 아무 말도 하지 않았다.

난 헤라클레스에게 자랑했다. 내가 축구를 잘한다고 하면 헤라클레스도 기뻐할 것 같았다. 그리고 정말로 자율 훈련 시간에 연습 시합을 하면 대부분 나보다 못하는 것 같았다. 내 눈에는 다른 아이들의 움직임이 모두 보였다. 우리 팀 몇 명만 나를 도와주면 문제가 될 것은 하나도 없었다.

"대일아, 테세우스라고 했나? 넌 네가 말한 영웅처럼 내일 시합에 나가서 활약할 수 있을 거야. 내가 잠시 할 일이 있으니까 운동장 두 바퀴만 더 뛰고 만나자."

헤라클레스의 약속은 믿을 수 있었다. 나는 내일 시합에 나갈 수 있을 것이다. 내일 시합에 나갈 수 있다면 열 바퀴도 더 달릴 수 있었다.

집에 돌아가는 길에 박사님을 만났다. 바퀴가 달린 의자를 밀고 있었다. 의자에는 아프로디테가 타고 있었다. 아무래도 의자를 미는 행위가 신에 대한 경배의 일종인가 보다. 나도 따라가서 의자를 밀었다.

아프로디테가 나에게 인사했다.

"안녕."

나도 인사를 했다.

"안녕하세요."

그러고는 아무 말도 하지 못했다.

박사님에게 헤라클레스를 만난 일에 대해 이야기했다. 그리고 집으로 달려왔다. 할머니에게도 이야기해 줘야 할 것 같았다.

"할머니, 저 헤라클레스를 만났어요. 제가 믿고 따를 수 있을 것 같아요. 헤라클레스가 내일 시합에 나갈 수 있게 해 준대요."

할머니는 갑자기 눈물을 흘렸다.

"대일아, 헤라클레스 같은 건 세상에 없어. 절대로 그런 것에 현혹되면 안 돼."

할머니는 내 손을 꼭 잡고 계속 눈물을 흘렸다.

"할머니, 내일 축구 보러 와요. 헤라클레스가 도와준다고 했어요. 헤라클레스가 도와주면 반드시 이겨요."

할머니는 내 머리를 계속 쓰다듬었다. 그러고는 아무 말 없이 눈물만 흘리며 고개를 끄덕였다.

내일은 처음으로 공식 시합에 나가는 날이 될 것이다. 할머니도 오고, 박사님도 오고…… 아프로디테도 왔으면 좋겠다. 내가 골을 넣는 모습을 꼭 보여 주고 싶다.

아침에 눈을 떴다. 몸도 가뿐했다. 오늘이라면 경기에 나가서 충분히 골을 넣을 수 있을 것이다. 그런데 할머니가 보이지 않는다. 경기장에 같이 가고 싶었는데 내 유니폼과 축구화만 가지런히 정리돼 있고 정작 할머니는 보이지 않았다. 할머니를 불러 봤다. 대답이 없었다. 혹시나 해서 노인정에도 가 봤지만 할머니는 없었다. 아침부터 어딜 가신 거지? 내 축구 시합을 보셔야 하는데.

사실 할머니가 학교에 온 적은 없다. 할머니는 폐지를 줍는다. 할머니가 할 수 있는 일은 그것뿐이라고 하면서 새벽부터 나가서 폐지를 주운 적도 많았다. 내가 도와 드린다고 하면 운동하는 사람이 힘을 함부로 쓰면 안 된다고 하면서 억지로 돌려보내곤 했다. 아무래도 할머니는 오늘도 폐지를 주우러 나간 것 같다. 한 번이라도 할머니가 사 준 축구화를 신고 멋지게 골을 넣는 모습을 보여 주고 싶었는데 오늘은 그날이 아닌가 보다.

운동장에 집합했다. 벌써부터 스탠드에 몇 명의 사람들이 모여 있는 것이 보였다. 할머니는 역시 없었다.

"오늘 선발은 최성환, 김영석……."

감독님이 선발 명단을 불렀다. 어제 후보 팀으로 뛰었던 아이들은 없었다. 그래도 난 믿고 있다. 헤라클레스가 약속을 어길 리 없다.

"그리고 허대일."

감독님이 내 이름을 불렀다. 헤라클레스의 약속이 실현된 것이다. 당연히 지켜질 줄 알았지만 다시 한번 심장이 두근거렸다. 다른 사람들의 표정이 보이지 않았다. 통통한 얼굴의 형석이만 나에게 엄지손가락을 들어 보였다.

경기 시작 전에 운동장에 나가서 몸을 풀었다. 스탠드 쪽을 바라봤다. 혹시나 했지만 할머니의 모습은 보이지 않았다. 헤라클레스가 보였다. 그리고 아프로디테와 함께 있는 박사님의 모습도 보였다. 공식적인 경기에 나가는 건 처음이고 내가 알고 있는 누군가가 경기를 봐 주는 것도 처음이다.

감독님은 오른쪽 풀백을 맡으라고 했다. 공을 잡으면 무조건 오른쪽 윙을 보고 있는 성환이에게 패스하라고 했다. 그러고는 확실히 선을 그었다. 전반전 후에 교체할 거니까 열심히 뛰어 두라고.

난 어제 수비의 재미도 배웠다. 축구는 골을 넣는 것만이 전부는 아니었다. 수비를 열심히 해서 승리를 지킬 수 있다면 그것도 좋은 일이다. 오늘 경기장의 오른쪽은 나의 것이라고 생각하고 지킬 것이다.

연습을 마치고 벤치로 돌아가는 중에 스탠드 뒤편에서 하얀 치마 자락이 휘날리는 것을 본 것 같다. 그러나 하얀 치마는 금방 사라졌다.

경기가 시작됐다. 물을 많이 뿌려 두기는 했지만 한여름의 인조 잔디는 벌써 뜨거운 열기를 내뿜기 시작했다. 상대편 골대 안쪽에 아지랑이가 피어오르는 것이 보였다.

연습 경기가 아닌 실제 경기라 그런지 상당히 치열했다. 상대편 공격수는 끊임없이 공을 보냈고 나도 끊임없이 공을 밖으로 쳐 냈다. 내가 공을 잡으면 감독님은 무조건 성환이에게 패스하라고 소리를 질렀다. 내가 성환이를 정확하게 알아볼 수 없다는 것이 문제였다. 오른쪽 공격수라는 것은 알고 있기 때문에 그쪽으로 공을 패스했다. 패스는 대부분 잘 연결되었다. 하지만 오른쪽에서 뛰고 있다고 해서 항상 성환이는 아니었다. 다른 미드필더가 오른쪽에 자리를 잡고 있을 때도 있었다. 구별할 수 있는 것은 성환이의 백넘버였다. 등에 10번이 보이면 정확하게 그쪽으로 공을 찼다. 하지만 백넘버가 보이지 않는 상황이면 패스를 할 수 없었다.

오른쪽 풀백은 수비수이기는 하지만 공격 때는 상대의 구석을 파고드는 능력도 갖추어야 한다. 빈틈이 보이면 나도 적극적으로 오른쪽 라인을 따라 달렸다. 하지만 내 앞이 텅 비어도 나에게 패스는 오지 않았다. 오히려 공을 빼앗기면 나는 죽을힘을 다해서 우리 골대 앞까지 달려야 했다.

내가 조금만 앞으로 나가면 감독님은 뒤로 가라고 소리를 질렀다. 시간이 갈수록 지금 하고 있는 것이 축구가 아니란 생각이 들었다. 마치 누구에게 보여 주기 위한 쇼를 하고 있는 것 같았다. 헤라클레스에게, 아프로디테에게, 박 사님에게, 그리고 혹시 왔을지도 모를 할머니에게 보여 줄 수 있는 시간이 45분밖에 없다는 생각에 조바심이 났다.

상대편의 공격을 끊었다. 앞에서 달리고 있는 10번 백넘버가 보였다. 지체 없이 패스를 하고 나도 공격에 가담하기 위해 달렸다.

"이쪽!"

난 손을 들고 소리를 질렀다. 내 앞에는 상대편 수비수가 없었다. 공을 받으면 상대편 골문 앞까지 갈 수 있는 좋은 상황이었다. 하지만 성환이는 — 혹은 성환이라고 생각된 아이는 — 나를 흘끗 보기만 할 뿐 패스를 하지 않았다. 오히려 내 반대 방향인 중앙으로 공을 몰았다. 중앙에는 상대편 수비수 네 명이 이미 자리를 잡고 있었다. 성환이가 개인기로 돌파하려다가 공을 빼앗겼다. 역습상황이었다.

우리 팀의 수비가 헐거워져 있었다. 내가 앞으로 달려 나왔기 때문이기도 했다. 미드필더들도 막지 못했다. 조금 있으면 우리 골문 앞까지 도달할 것 같았다.

난 달리면서 영웅을 떠올렸다. 영웅은 포기하지 않는다. 영웅은 끝까지 맞서 싸운다. 영웅은, 영웅들…….

내 다리가 조금만 더 빠르기를 바라면서 온갖 영웅의 이야기를 생각해 냈다. 페가수스를 타고 하늘을 달렸던 벨레로폰이었으면 좋겠다고 생각했다. 저 공보다 빨리 페가수스를 타고 날아갔으면 하고 생각하며 몸을 날렸다. 내 몸은 가벼웠다. 난 벨레로폰이 아니라 페가수스가 됐다. 내 몸에 날개가 돋아나 하늘을 날 수 있었다. 상대편이 슛을 하기 직전이었다. 나는 우리 편 골키퍼와 상대편의 다리 사이로 날아갔다. 그곳에 공이 있었다. 눈앞에 상대편의 발이 커다랗게 보이더니 난 하얀 세상으로 들어갔다.

다시 그날이 기억났다. 난 여전히 날고 있었다. 그리고 내 눈앞에는 앞 유리가 깨진 승용차 한 대가 서 있었다. 그 안에는 꿈에서만 보이던 엄마와 아빠가 타고 있었다. 난 천천히 바닥으로 떨어졌다. 엄마와 아빠의 얼굴이 보였다. 눈에는 눈물이 고여 있었지만 입꼬리가 위를 향해 있었다.

난 사람들의 표정을 잘 이해하지 못한다. 어떤 기분으로 그런 표정을 짓는지 잘 알지 못한다. 그러나 그 순간은 확실히 알 수 있었다. 엄마와 아빠는 나를 위로하고 있었다. 우리는 괜찮으니 넌 씩씩하게 훌륭하게 자라라는 표정이었다.

엄마가 읽어 주던 영웅 이야기가 들렸다.

'테세우스는 감춰진 보물이라는 뜻이야. 테세우스의 아버지가 바위 밑에 칼과 방패를 감춰 두고, 테세우스가 그걸 찾을 만한 나이가 되면 아버지를 찾아오라고 했기 때문에 그렇게 이름을 지은 거야. 우리 대일이도 대일이 속에 감춰진 보물을 찾았을 때 어른이 될 거야.'

엄마와 아빠는 내 속에 보물을 감춰 두었다고 했다. 어디에 감춰 두었을까? 무엇을 감춰 두었을까?

헤라클레스도 아프로디테도 나를 보러 와 있는데 내가 이렇게 누워 있으면 안 되지. 일어나야지.

눈을 떴다. 주변에 사람들이 둥그렇게 모여서 내려다보고 있었다. 난 벌떡 일어났다. 머리를 만지니까 붕대 같은 것이 감겨 있었다. 바로 시합에 뛰어들려고 했지만 더 치료를 받아야 한다고 했다. 내 몸에 자라났던 페가수스의 날개는 사라졌다. 하지만 엄마와 아빠가 남겨 준 보물은 아직도 내 몸 속에서 숨쉬고 있을 것이다.

치료를 받는 동안 우리 팀이 한 골을 먹었다. 이제는 공격을 해야 할 차례다. 더 이상 지체할 시간은 없었다. 헤라클레스를 바라보았다. 나를 보고 고개를 끄덕였다. 힘차게 앞으로 나아가라는 뜻 같았다.

경기장으로 다시 들어서자 사람들이 박수를 쳤다. 아프로디테도 박수를 보내고 있었다. 이제 내가 보여 줄 차례다.

하프 라인에서 우리 팀의 공격으로 경기가 시작되었다. 시간은 5분 정도나 남았으려나? 상대편이 중앙에서부터 압박하자 우리 팀의 공격수가 뒤쪽으로 공을 돌렸다. 나는 앞으로 나가서 공을 받았다. 그 순간 스탠드에서 우렁찬 목소리가 들렸다.

"달려! 그냥 달려! 테세우스! 미로를 빠져나가 미노타우로스가 있는 곳까지 달리라고!"

헤라클레스의 목소리였다. 앞에 있는 사람들은 미로다. 그리고 내 눈에는 그 미로 사이로 길이 환히 보였다. 저 틈으로 파고들면 충분히 가능하다.

난 라비린토스를 헤쳐 나가서 미노타우로스를 해치운 테세우스다.

빠르게 드리블을 시작했다. 갑자기 속도를 높여 앞으로 달려 나가자 상대편이 주춤했다. 몇 명이 내 앞으로 달려왔다. 나한테 사람이 몰리자 반대편에 길이 보였다. 순간적으로 방향을 꺾었다. 나를 쫓던 수비수들이 방향을 바꾸지 못해 내 뒤로 처졌다.

감독님의 소리가 들렸다.

"내 말 안 들려? 패스하라고, 패스! 앞에 성환이에게 패스하라고, 이 자식아!"

하지만 문은 열렸고 성환이는 내 뒤에 있다. 내가 문을 열고 들어가는 쪽이 훨씬 빠를 것이다.

"뛰어! 테세우스! 오 분도 안 남았어. 마지막 시간이야! 끝까지 뛰어!"

헤라클레스의 목소리는 정확하게 내 귀를 통과해서 뇌까지 전달됐다. 그 소리를 듣고 내 다리는 더욱더 빠르게 달렸다. 아무도 나를 쫓아올 수 없었다.

상대편 골문이 커다랗게 보였다. 어디로 차도 골이 될 것 같은 기분이었다. 오른쪽 다리를 뒤로 들었다가 힘껏 앞으로 내질렀다. 발등에서 공이 부드럽게 휘어졌다. 그러고는 골문을 향해 강하게 날아갔다. 난 끝까지 보지 않고도 골이라는 것을 알 수 있었다.

함성이 들렸다. 우리 팀 선수들이 나에게 달려왔다. 모두들 웃으며 나를 얼싸안았다. 모두의 얼굴이 보였다. 참으로 신기한 경험이었다. 아이들의 푹 젖은 유니폼에서 땀 냄새가 피어올랐다. 좋은 냄새는 아니었다. 약간 쉰 듯한 그런 냄새였다. 그런데 이상하게도 기분 나쁘지 않았다. 내 몸에서도 마찬가지 냄새가 났다. 다른 사람들도 내 냄새에 개의치 않았다. 이런 냄새도 나눌 수 있는 것이 기쁨이란 감정인가 보다.

스탠드에 앉아 있는 헤라클레스도, 아프로디테도 웃고 있었다. 확실한 기쁨의 웃음이었다. 박사님은 잘 모르겠다. 너무 멀리 있어서 얼굴이 어떻게 변했는지 모르겠다. 아마도 살짝 입꼬리가 위로 향하고 눈이 평소보다 조금 작아졌을 것이다. 그리고 괜히 크게 숨을 쉬고 있을 것이다.

난 내 자리로 돌아갔다. 골을 넣었지만 오른쪽 수비수가 내 자리다. 곧 휘슬이 울리고 전반전이 끝났다. 벤치로 돌아가는 중에 다른 선수들이 내 뒤통수나 엉덩이를 툭툭 쳤다. 툭툭 치는 선수들의 얼굴이 모두 웃고 있었기에 이것이 축하라는 것을 알았다.

그런데 감독님의 표정은 이상했다. 웃지 않았다. 입은 앙다물었고 눈썹은 양쪽 끝이 살짝 올라갔다. 그리고 얼굴색이 붉었다.

감독님이 조용히 선수들을 뒤쪽으로 불러 모았다. 나도 따라갔다.

감독이 갑자기 돌아서더니 내 따귀를 때렸다. 눈앞에 불이 번쩍하는 느낌이 들었다.

"넌 감독의 말이 말 같지 않냐? 왜 패스하라는데 멋대로 달려가서 골을 넣는 거야? 안 그래도 모자란 놈 축구부에 끼워 줬더니 삼촌 하나 나타나니까 눈에 뵈는 게 없는 모양인데, 축구부 관두고 싶어?"

삼촌? 나에게 삼촌은 없다. 패스하라는 지시를 어긴 것은 맞다. 감독의 지시를 어겼으니 벌을 받아야 한다. 그래도 골을 넣은 건 잘한 일이니까 벌과 상을 동시에 받아야 할 것이다.

감독은 나에게 엎드리라고 했다. 이건 분명 벌이다. 상이 따라와야 하는데 상은 없었다. 다른 아이들은 아무 표정도 없었다. 다시 예전의 얼굴 없던 아이들로 돌아가려 하고 있었다. 얼굴이 있을 때가 훨씬 좋았다는 생각이 들었다.

"대일이 넌 여기서 엎드려뻗쳐 하고 있어. 후반전 끝날 때까지 하는 거다. 밖에 나가서 삼촌이란 사람에게 뭐라고 일렀다가는 다시는 축구 못 할 줄 알아라."

자꾸 삼촌 이야기를 하는데 나에게 삼촌은 없다. 누구에게 이른다는 것인지 알 수 없었다. 이 벌이 끝나면 상이 돌아오겠지, 하는 생각으로 엎드려 있었다.

땀이 계속 쏟아져서 눈앞에 작은 연못이 생겼다. 강의 신 아소포스가 시시포스 왕에게 만들어 준 샘 같았다. 시시포스는 하이데스를 속여 죽음도 피할 정도로 영리했다. 나에게도 그런 영리함이 있었으면 좋겠다고 잠시 생각했다. 그렇게 누군가를 속일 정도로 영리하다면 이렇게 벌을 받을 일도 없었을 것이다. 하지만 다시 생각하니 그냥 이대로 사는 것이 더 좋을 것 같다. 결국 시시포스는 하이데스를 속인 대가로 산꼭대기로 바위를 굴려 올리는 벌을 영원히 받고 있으니 말이다.

이런저런 생각을 하고 있는데 헤라클레스가 나타났다. 그가 나를 일으켜 세웠다.

"일어나라. 나가자. 여기서는 네가 할 수 있는 것도, 더 배울 것도 없다."

난 헤라클레스의 말을 따랐다. 내가 유일하게 의문을 갖지 않고 믿을 사람은 역시 헤라클레스밖에 없었다.

"그깟 유니폼 벗어 버려. 내가 더 폼나는 유니폼 입혀 줄 테니까."

난 상의를 벗었다. 그리고 바지도 벗으려 했는데 헤라클레스가 그것은 못하게 했다. 상의든 하의든 유니폼인 것은 마찬가지인데 왜 구별을 두는지 궁금했지만 헤라클레스에게 생각이 있을 것 같아서 말을 들었다.

시원한 학교 앞 공터로 갔다. 나무도 적당히 그늘져 있고 바람도 잘 부는 곳이라 할아버지, 할머니들이 자주 앉아 있는 곳이기도 했다.

헤라클레스는 바닥에 도시락을 펼쳐 놓았다. 도시락에도 표정이 있다면 이 도시락은 웃고 있는 것 같았다. 밥과 반찬이 담긴 통 외에 과일만 담긴 통이 따로 있었다. 양은 적었지만 아주 맛있었다. 나와 헤라클레스는 마주 보고 도시락을 먹었다.

"아직도 내가 헤라클레스로 보이니?"

당연한 말을 또 물어보았다. 헤라클레스는 당연히 헤라클레스로 보이는 법이다.

"내가 대일이로 보이세요?"

헤라클레스가 고개를 끄덕였다.

"그러면 당연히 헤라클레스도 헤라클레스로 보이죠."

"그런데, 헤라클레스라고 부르는 것을 누가 들으면 이상하게 생각할지도 모르니까 우리끼리 뭔가 별칭을 정하는 것이 좋지 않을까? 가령 내 진짜 이름이 태형이니까 태형 씨라고 부르든지, 아니면 아저씨?"

"그건 마치 고양이를 보고 강아지라고 부르라는 것과 마찬가지인데요. 눈에 보이는 대로 부르지 말라고 하는 것은요."

헤라클레스는 잠시 생각을 하는 듯하더니 조금 있다가 다시 생각하자며 뒤로 벌렁 누웠다. 나도 따라서 누웠다. 축구부에서 그냥 뛰쳐나왔는데도 이상하게 마음이 편했다.

눈을 감고 쉬고 있는데 잠시 후 조금 시끄러운 일이 생겼다. 감독님이 찾아온 것이다. 아, 이제는 감독님이 아니지. 내가 축구부를 관뒀으니까. 그냥 아는 아저씨가 찾아왔다. 다행인 것은 이 아저씨는 이제 감독님이 아니어도 얼굴이 제대로 보인다는 것이다.

아는 아저씨와 헤라클레스는 차분하게 대화를 나누었다. 아는 아저씨의 얼굴은 눈동자가 좀 커졌고 눈썹이 약간 위를 향한 것이 나를 벌주기 직전의 얼굴과 같았다. 그렇다고 헤라클레스를 벌주려 하는 것은 아닐 텐데⋯⋯.

"아, 감독님이시군요. 경기는 잘 끝났나요?"

"이 대 일로 졌소. 지금 그게 중요한 게 아니고 경기 중에 선수를 이리로 끌고 오면 어떡하자는 거요? 선수를 다루는 것은 감독의 재량이오. 아무리 보호자라지만 그건 용납할 수 없소."

아는 아저씨는 아무래도 내가 아직도 자기 선수라고 생각하고 있는 모양이다. 그럴 만도 할 것 같다. 내가 헤라클레스를 따라간다고 아무에게도 말하지 않았으니 말이다.

그때 박사님이 나타났다.

어떻게 알았는지는 모르겠지만 내가 이제 아는 아저씨의 선수가 아니란 것을 정확하게 대신 말해 주었다.

"이제 대일이는 당신의 선수가 아니란 말이오. 여기 서 있는 태형 군의 선수가 될 것이오. 이 학교 학생일지는 몰라도 당신의 선수는 아니란 말이오. 오늘부로 이 학교 축구부는 탈퇴할 것이오."

아는 아저씨는 손을 꽉 쥐었다. 박사님은 허리를 쭉 폈다. 순간적으로 키가 늘어난 것 같았다. 헤라클레스도 앞으로 나섰다.

"맞습니다. 앞으로 대일이는 내 선수입니다. 내가 스카우트합니다. 앞으로 다른 선수들도 잘 돌보는 게 좋을 겁니다. 내가 몽땅 스카우트해 버릴지도 모릅니다."

이제 확실해졌다. 헤라클레스는 나의 감독님이다. 적당한 명칭이 정해졌다. '감독님.'

박사님은 감독님과 몇 마디 대화를 나누더니 그 길로 사라졌다.

감독님은 나를 보더니 말했다.

"가까운 데 가서 옷이나 하나 사 입자."

감독님과 옷가게에 갔다. 감독님은 내가 손대는 것마다 안 된다고 했다.

"그 옷은 안 돼. 넌 이제 내 감독 아래 있는 거야. 내가 정해 줄 거야."

옷 입는 자유도 제어하는 감독님이 오히려 아는 아저씨보다 더 깐깐할지도 모른다는 생각이 들었다. 내가 고른 하늘색 원피스를 포기하는 건 아까웠다.

감독님은 그날 우리 집까지 왔다. 집에 들어와서 할머니를 만났다.

"할머니, 제가 대일이 후원자가 될게요. 제가 일방적으로 무언가를 주는 것이 아니에요. 저도 이 아이를 통해서 많은 것을 얻고 있어요."

감독님은 할머니에게 말했다. 할머니는 감독님이 헤라클레스란 것을 눈치채지 못한 것 같았다. 처음에 할머니는 감독님을 믿지 못했다. 그래서 내가 '이분이 바로 헤라클레스'라고 말하려는데, 감독님이 내 손을 잡고 만류했다.

"아시는지 모르겠지만, 제 하나뿐인 손자입니다. 비록 제정신이 아니라고 해도…… 내 아들이 남긴 유일한 혈육이에요. 쉽게 남들을 믿지 못하는 제 사정을 이해해 주시기 바랍니다."

할머니는 말을 하면서 눈물을 흘렸다. 수건으로 눈물을 닦을 생각도 하지 않았다.

"대일이가 제 말을 아주 잘 따라요. 대일이가 좋아하는 축구팀도 만들 겁니다. 학교에 적응을 못 하는 아이들을 모을 거예요. 비용은 생각하지 않으셔도 좋습니다. 지금은 딱히 계획은 없지만 분명히 좋은 수가 생길 거예요."

"돈은 상관없습니다. 저 아이가 좋아하는 것을 할 수 있다면, 그리고 끝까지 우리 아이를 믿어 주신다면 돈 그까짓 거 내 눈을 팔든지, 콩팥을 팔아서라도 마련할 겁니다. 지금 하신 그 말씀만 끝까지 지켜 주시면 됩니다."

할머니는 감독님의 손을 잡았다. 눈물이 계속 흘러내렸다. 할머니가 지금 슬퍼하고 있는 것인지, 기뻐하고 있는 것인지 알 수 없었다.

사람의 마음을 알아내는 것은 정말 힘들다. 기쁘면 기쁘다고 크게 소리 내어 웃고, 슬프면 슬프다고 엉엉 울면 좋겠다. 사람의 얼굴을 잘 못 알아보는 나에게 사람의 표정까지 살피는 것은 정말 힘든 일이다.

"할머니가 지금 기뻐하시는 거예요?"

감독님에게 물어보았다.

"응, 기뻐하시는 거야. 그리고 더욱 기쁘게 해 드릴 거고."

할머니를 바라보았다. 아직 눈에 눈물이 마르지 않았지만 입꼬리도 살짝 올라갔고, 눈도 반달 모양이 되어 있었다. 할머니가 좋아하는 연속극을 볼 때 저런 표정이었다.

"할머니, 내가 골 넣는 거 봤어요?"

"으응, 할머니는 잘 볼 줄 몰라서. 네가 공을 차 넣으니까 사람들이 소리치는 것은 봤다."

"그런데 왜 앉아서 안 보고 숨어서 봤어요?"

"네가 또 경기에 못 나올까 봐 그랬지. 가슴 아파 할까 봐."

"할머니, 이제 항상 앞자리에 나와서 봐요. 나 이제 감독님과 함께라면 경기에 못 나와도 좋아요. 뒤에서도 내가 할일이 있으니까 난 마음 아파하지 않을 거예요. 그러니까 내가 잘 볼 수 있도록 편하게 앞자리에서 봐요."

"그래, 그러자꾸나."

할머니가 대답했다.

학교 축구부를 관두니까 방학이 정말 길어졌다. 아침에 일찍 일어나도 갈 곳이 없었다. 결국 발걸음은 학교로 향했다. 학교에 가서 달리기도 하고 공도 차고 해야 할 것 같았다.

학교에는 몇몇 아이들이 공을 차거나 자전거를 타면서 놀고 있었다. 생각해 보니 오늘은 일요일이라 원래 축구부원들이 안 나오는 날이다.

나는 운동장을 가볍게 세 바퀴 돈 다음 프리 킥 연습을 했다. 골을 넣겠다는 생각보다 골대를 맞히겠다는 생각으로 연습했다. 대부분 골대 안으로 들어가든지 아니면 크로스바를 넘어서 뒤로 날아갔다. 뒤로 날아갈 때마다 공을 가지러 뛰어갔다.

다시 한번 정신을 가다듬고 공 밑부분을 정확하게 찼다. 공은 조금 포물선을 그리면서 날아갔다. 이번에는 가상의 끈이 공과 나를 연결하고 있다고 생각하며 공을 다시 찼다.

그러자 공이 조금 더 휘는 것 같았다. 아슬아슬하게 이번에도 크로스바를 넘어갔다. 굴러간 공을 가지고 와서 다시 운동장에 자리를 잡았다.

공을 차려고 앞을 보니 세 명이 벽을 쌓고 있었다. 난 다시 이것이 환상이 아닐까 생각했다. 자세히 보니 아는 얼굴들이었다. 후보 팀으로 같이 뛰었던 선수들이다. 운동장에 놀러 왔다가 나를 발견한 모양이다. 이전에는 나를 발견했다 하더라도 이렇게 다가오지 않았을 것이다. 또 나도 그들을 알아보지 못했을 것이다. 그중에 형석이도 있었다.

"어이, 돈키호테, 축구부 관뒀다며?"

"예, 학교 축구부는 관뒀지만 축구를 관둔 것은 아닙니다."

"흐흐, 그래도 그날 재미있었어. 너 나가고 나서 감독이 얼마나 펄펄 뛰던지. 그날은 학부모가 오시는 날이어서 우리에게 화도 못 내고, 장난 아니었어."

"그런데 축구를 관둔 것은 아니라고?"

옆에 서 있던 나도한이라는 아이가 끼어들었다. 여드름이 많고 키가 크고 마른 아이였다.

"예, 제가 아는 분이 축구부를 만든다고 합니다. 모두 즐겁게 운동할 수 있는 곳을 만들겠다고 했습니다."

도한이는 잠시 땅을 내려다봤다. 이윽고 고개를 들었다.

"거기 나도 붙여 줘. 내가 엄마한테 말해서 축구공 몇 개

살 테니까 나도 들어갈 수 있게 해 줘."

형석이 도한이에게 말했다.

"그게 무슨 소리야? 지금 와서 축구부를 관둔다고? 우리 이제 중학교 삼 학년인데 앞으로 어쩌려고?"

"아니, 아무리 생각해도 이건 아닌 것 같아. 우리가 축구 특기생으로 대학교에 갈 수 있을 것 같지도 않고, 간다고 하더라도 지금처럼 후보에 소모품일 뿐일 거야. 나도 축구를 좋아해서 시작했지만 지금은 영 재미가 없다. 조금만 더 공부하면 축구 아니라도 대학교에 충분히 갈 수 있어. 공부하면서 좋아하는 운동할래. 지금같이 도구 취급 당하면서 하기는 싫어."

"아마도 헤라클레…… 아니 감독님이라면 하고 싶어 하는 사람은 다 받아들일 것입니다. 그런데 축구공 몇 개 산다는 말은 하지 마십시오. 아마도 그러면 안 받아 줄 겁니다. 감독님은 돈에 좌우되는 그런 것은 하지 않겠다고 했으니까요."

형석이도 아까 도한이가 한 것처럼 땅을 내려다보았다. 나도 내려다보았다. 파란 인조 잔디가 햇빛을 받아 더욱 파랗게 보였다. 땅에 이상한 것은 없었다. 형석이가 고개를 들었다.

"나도 붙여 줘. 우리 집도 가난하기는 마찬가지니까. 엄마가 전지훈련 갈 돈 없다고 축구부 관두면 안 되겠느냐고 하는 것을 내가 억지로 매달려서 하고 있었어. 내 실력이 딸려서 후보가 되는 것은 상관없는데, 가난해서 후보가 되었다는 생각이 자꾸 들어서 그동안 즐겁지 않았어. 그러니까 나도 붙여 줘. 영철이 넌 어떻게 할 거야?"

옆에 서 있던 영철이란 아이에게 형석이가 물어보았다.

"어, 나? 나, 나는 가끔 주전으로 뛰는데……."

"웃기지 마. 그게 주전이냐? 주전들 어디 아프면 나가는 사람을 후보라고 하는 거야. 그러니까 넌 후보고."

"어, 나, 나는……."

"아니야, 됐어. 원하는 사람만 하면 되는 거지. 강제로 시킬 생각은 없으니까."

형석이가 다시 나를 보고 말했다.

"꼭 부탁이야. 내일 당장 축구부 관둘 거야. 그러니까 꼭, 꼭 들어줘야 해. 안 그러면 나…… 갈 곳이 없어."

"제가 허락하는 것이 아닙니다. 내일 같이 감독님을 만나 보죠."

"그래, 꼭 부탁해. 그리고 그 존댓말 좀 안 쓰면 안 되냐? 영 듣기 거북한데 말이야."

"아, 그건 안 됩니다. 실수하지 않으려면 전 존댓말을 써야 합니다."

"정말 듣기 이상한데, 어쩔 수 없지."

네 명이서 축구를 했다. 일요일 저녁이 깊어가는데도 공은 멈추지 않았다. 내 입을 만져 보았다. 입꼬리가 하늘로 치켜 올라가 있었다. 다른 아이들의 입을 보았다. 땀투성이가 되었어도 입꼬리가 하늘을 향했다. 기분이 좋았다.

새벽부터 할머니를 따라 나가 폐지를 주웠다. 할머니는 한사코 따라 나오지 말라고 했지만 저녁에 감독님을 만나기 전에는 특별히 할 일도 없었다. 운동 삼아 따라가겠다고 하니까 그제야 할머니는 고개를 끄덕였다.

할머니는 노란 수건을 쓰고 구석에 있는 작은 리어카를 끌고 왔다. 작은 리어카에는 모터가 달려 있어서 그나마 다행이었다.

윗동네에는 폐지가 별로 없다. 편의점도 없다. 슈퍼마켓이라고 쓰여 있기는 하지만 작은 구멍가게나 다름없는 곳이 하나 있다. 그나마 채소를 위주로 파는 곳이라 변변한 상자 하나 구하기 힘들었다.

그래도 할머니는 나가는 길에 꼭 그 가게를 들른다. 상자나 폐지가 생기면 주인 아줌마가 가게 앞 작은 평상 아래에 넣어 두기 때문이다. 할머니는 그 가게에 가면 자연스럽게 평상 아래를 살펴보았다. 그리고 폐지가 있으면 꼭 혼잣말로 '고맙습니다' 하고 가져갔다.

오늘도 평상 밑을 살펴보았다. 허리가 아픈 할머니보다는 내가 아래를 살펴보는 것이 좋을 듯했다. 거의 무릎을 꿇다시피 해서 평상 아래를 들여다보았다. 그때 누군가가 할머니에게 인사를 했다.

"안녕하세요."

"예, 안녕하세요. 오늘 일찍 나오셨네요."

"그러게요. 얘가 우리 딸인데 가게 보는 법을 배우겠다고 일찍부터 야단이라 이렇게 나왔어요. 배울 것도 없는데 뭘 배우겠다는 것인지……."

"아주 착한 따님이네요. 요즘 아이들 같지 않고."

평상 밑에는 폐지가 없었다. 몸을 일으키자 아프로디테가 거기 서 있었다. 목발을 짚은 아프로디테.

아프로디테가 나를 보고 웃었다. 아니 웃는 것 같았다. 입꼬리가 올라가 있었고 눈도 반달 모양이 되었다. 그리고 손도 약간 흔들었다.

난 어찌해야 할지 알 수 없었다. 할머니는 폐지 모아 주는 것에 고맙다고 인사하고 있었고, 주인 아줌마는 그런 소리 하지 말라고 하는 중이었다.

아프로디테가 나에게 다가왔다.

"안녕? 대일이라고 들었어. 난 일영이야. 일영이라고 부르면 돼."

"예, 안녕하세요. 아프로디테님."

아프로디테와 이렇게 직접 이야기할 수 있으리라고는 생각도 못했다. 나도 모르게 손이 떨리고 있었다. 오른손이 떨리는 것을 잡으려고 왼손을 앞으로 가져왔는데 왼손도 떨리고 있었다.

"아프로디테?"

할머니가 주인 아줌마와 하던 이야기를 중단하고 나와 아프로디테 사이에 끼어들었다.

"일영이라고 했지? 우리 애가 간혹 이상한 소리를 할 때가 있지만 나쁜 마음으로 그러는 건 아니니까 이해 좀 해 줘요."

"알고 있어요. 대일이가 생각하는 것이 좀 특별할 뿐이지 이상한 아이가 아니란 거 잘 알고 있어요. 걱정하지 마세요, 할머니."

역시 아프로디테는 모르는 것이 없었다. 이미 나에 대해서 모든 것을 알고 있었다. 나를 알고 있다는 사실 하나만으로도 기분이 좋았다.

"할머니, 이미 알고 있대요. 신기하지 않아요?"

"그러게. 고마운 일이구나."

할머니에게는 모든 것이 고마운 일 같았다.

"앞으로 자주 만날 거야. 그럼 잘 가."

아프로디테가 자주 만날 거라고 말했다. 자주 만나면 나에게는 좋은 일이지만 어떤 일로 자주 만나게 된다는 소리인지는 알 수 없었다. 하지만 아프로디테가 말한 것이라 그냥 믿었다.

할머니와 폐지 모은 것을 고물상에 팔았다. 4천8백 원을 벌었다. 폐지가 별로 많지 않은 날이라 그렇다고 할머니가 말했다. 할머니는 집으로 오는 내내 평소에는 이보다 훨씬 많이 번다며 걱정 말라고 했다.

저녁을 일찍 먹고 감독님을 만나러 운동장으로 갔다. 감독님은 할머니에게 전화를 걸어 오늘도 우리가 운동장에서 만날 거라고 이야기했다. 나는 감독님이 운동장으로 오리라는 것을 이미 알고 있었지만 할머니에게 말해 주려고 전화를 한 듯하다.

나는 가볍게 뛰며 운동장을 돌고 있었다. 어제 형석이도 같이 축구를 하자고 했는데, 내가 형석이 연락처를 몰라서 불러내지 못했다.

감독님이 왔다. 감독님만 온 것이 아니라 박사님도 왔다. 더욱 놀라운 것은 아프로디테도 왔고, 또 한 명의 여자도 와 있었다. 누군지 알 수 없었다. 얼굴이 없는 것은 아닌데 처음 보는 사람은 확실했다. 나쁜 사람은 아닌 것 같았다.

"대일아, 이리로 와라."

모든 사람이 운동장 스탠드에 모여 앉았다. 박사님이 말을 꺼냈다.

"대일 군, 오늘 우리가 모인 이유는 우리만의 축구단 창단을 기념하기 위해서다. 감독은 대일 군도 알다시피 태형 군이 맡아 줄 거다. 그리고 선수들과 축구단의 안살림을 책임져 줄 매니저는 일영 양."

아프로디테가 혀를 내밀고 손가락 두 개를 펴 보였다. 그 뜻은 알 수 없었지만 약간 더워지는 것을 느꼈다. 거울을 본다면 얼굴이 붉을 것이다.

"그리고 이쪽은 재정 담당 매니저를 맡아 줄 분이고, 태형 군의 아내이기도 한 장은영 양이라네."

박사님이 감독님 옆에 있는 여자를 소개했다.

"내가 섬기는 사람이지."

감독님은 그 여자분을 바라보며 입술을 길게 좌우로 넓혀 올렸다.

"잘 부탁해. 우리 팀의 유일한 선수."

그렇게 말하면서 그분의 입꼬리가 올라갔다. 그리고 눈은 반달 모양이 되었다. 손을 내밀었는데 좋은 냄새가 났다. 난 그 손을 두 손으로 잡았다.

"누구신지 알 것 같습니다. 몰라봬서 죄송합니다, 헤라님. 헤라클레스는 본디 헤라를 섬기는 사람이라는 뜻이니, 헤라클레스가 섬기는 분은 헤라님이 분명합니다."

잠시 말을 멈췄다가 박사님이 다시 말했다.

"그리고 난 축구단의 고문이다. 축구단 이름을 짓는 영광은 너에게 돌리도록 하겠다."

"전 그냥 구별만 되는 이름이면 될 것 같은데요. 이름은 아무것이나 상관없어요."

"아니다, 이름은 중요하다. 이름 하나를 지키기 위해 인간은 목숨도 걸 수 있는 존재다. 언젠가 그 이름이 널리 알려질 때 가슴속에 긍지를 간직하게 될 거다."

"바보 축구단 어때요? 우리 모두 바보잖아요. 부원 한 명에 감독 하나, 고문 하나, 매니저 둘인 축구단을 꾸리는 것도 바보고, 이득 될 것 하나 없는 일에 뛰어드는 것도 바보고."

옆에 있던 아프로디테가 의견을 냈다. 바보라는 것에 그런 좋은 뜻이 있는지 몰랐다. 사람들이 나보고 바보라고 부르기도 했지만 난 바보가 아니니까 그 사람들이 틀린 것이라고 생각했다. 사람들이 모르는 것은 가르쳐 줘야 할 일이지 화낼 일이 아니라고 생각했기 때문이다. 그런데 지금 보니 내가 바보가 맞기는 한가 보다.

"내가 아는 사람이 마산 분인데, 약간 바보 같은 짓을 하면 항상 추꾸, 추꾸라고 하시거든요. 그래서 물어봤더니 바보를 그분 동네에서는 예전에 추꾸라고 불렀대요. 사투리인가 봐요. 축구랑 비슷한데 추꾸 축구 클럽 어때요?"

헤라 님이 의견을 냈다. 입으로 소리 내 봤다. 추꾸 축구 클럽. 재미있었다. 내가 좋다고 하자 모두들 좋다고 했다. 우리 축구팀 이름이 정해졌다.

추꾸 축구 클럽. 감독님이 너무 길다고 해서 우리끼리는 추꾸 팀이라고 하자고 의견을 모았다.

헤라 님이 뒤에 있는 상자에서 뭔가를 꺼냈다. 둥그런 빵 위에 크림이 꽃 모양으로 발라진 물건이었다. 빵으로 만들어졌으니 먹는 것일 텐데, 헤라 님이 그 위에 초를 한 개 꽂았다. 음식에 불을 붙이는 초를 꽂아서 먹을 수 없게 만들어 놓았으니 이제 이 물건을 어디에 사용하는 것인지 추측할 수 없게 됐다.

"둥그런 빵 위에 초를 꽂은 저것이 뭐지요?"

모두들 눈이 커져서 나를 보았다. 박사님만 예외였다.

"대일 군은 사물을 눈으로 인지할 수는 있지만 판단하는 기능이 일반인과는 조금 다릅니다. 모두가 이해하고 넘어가야 할 부분이기도 하나 간혹 당황스러울 때가 있을 겁니다."

박사님이 나에 대해 설명을 했다. 박사님이 어떻게 알고 있는 것인지는 모르겠지만 내가 설명할 수 없는 부분을 설명해 주니 고마운 마음이 들었다.

헤라 님이 심지에 불을 붙였다. 이제 저것이 어떤 물건인지 알 것 같았다. 예전부터 인간은 음식에 불을 붙여서 신에게 드리는 행위를 했다. 제물이다. 신에게 뭔가를 빌기 위해 저 제물을 바치는 것이다. 그것도 지금은 신의 손으로 직접 제물을 바치는 것이니 더 위의 신, 신들의 신에게 저 음식을 바치는 것이다.

촛불을 끄고 음식을 나눠 먹었다. 신에게 바치는 음식은 참으로 달콤했다. 신들이 분명 좋아할 음식이었다. 신들이 먹는다는 음식인 암브로시아가 바로 이것일 것이다.

"당신들 마침 잘 만났습니다."

전에는 감독님이었던, 이제는 그냥 아는 아저씨가 된 사람이 오늘도 붉은색 티셔츠를 입고 나타났다. 아는 아저씨는 항상 말과 행동이 달라서 무슨 말을 하는 것인지 판단하기가 힘들었다. 잘 만났다는 것은 만나서 반갑거나 좋다는 뜻일 텐데, 눈썹은 잔뜩 찌푸리고 있었다. 뭔가 좋지 않은 일이 생겼을 때 저렇게 눈썹을 찌푸리곤 했는데.

"무슨 일이오?"

박사님이 앞으로 나섰다. 그리고 그 뒤에 헤라클…… 아니 감독님도 앞으로 나섰다.

"오늘 우리 축구부원 세 명이 새로운 축구팀으로 간다고 하면서 축구부를 탈퇴했어. 다 당신들 농간이지? 내가 가만히 있을 줄 알아? 그 축구팀이 얼마나 잘되나 두고 보겠어."

"축구팀은 축구로 말하면 되는 것 아니오? 한 번 붙어 봅시다."

박사님이 말했다.

"좋아, 말 한번 잘했소. 시간은 그쪽이 정하시오. 난 언제든지 좋으니까."

아는 아저씨는 일방적으로 소리를 지르더니 나를 작은 눈으로 째려보고 사라졌다.

"아까 세 명이 관뒀다고 하니까, 대일이까지 합해서 우리 선수는 잠정적으로 네 명이군요. 고문님, 어쩌자고 그런 약속을 하셨어요. 선수도 없는데."

"자네도 재미있어 하는 눈치던데 숨길 것 없네."

감독님은 하늘을 잠깐 바라보더니 나를 보고 말했다.

"이게 헤라클레스의 첫 번째 임무인가? '선수를 모아서 정식 축구팀을 이겨라.'"

뭔가 삶이라는 것이 즐거워지려는 순간이었다. 아프로디테가 아까처럼 또 손가락 두 개를 펼쳐 보였다.

박사의 세계

내 성은 박, 이름은 선비 사(士) 자를 써서 박사다. 조금은 특이한 이름인데 아버지도 역시 외자 이름이었다. 아버지의 이름은 신하 신(臣) 자를 써서 박신이다. 그게 무슨 전통인 양 내 아들의 이름도 한 글자로 지었다. 아버지가 신하였고 내가 선비였으니, 내 아이는 왕으로 길러 보고 싶었다. 그래서 이름은 왕이다, 박왕(王).

선하고 부드러운 웃음을 짓는 아이였다. 그림 그리기를 좋아하던 아이. 이야기 듣기를 좋아하던 아이. 축구공을 가지고 웃음 짓던 아이. 블록 만들기라면 밤을 새워도 모자르다던 아이. 다운증후군이었던 아이. 여덟 살이 되기도 전에 하늘나라에 올라가 버린 내 아이.

"고문님, 또 자요?"

잠시 한 팔로 눈을 가리고 누워 있는 사이에 녀석이 다가왔다. 내가 피아퐁이라고 별명을 붙여 준 아이다. 피아퐁은 우리나라 프로 축구에서 크게 성공한 태국의 축구 영웅이다. 검은 피부인 데다 어머니의 나라가 태국이기 때문에 내가 피아퐁이라고 별명을 붙여 주었는데, 정작 이 녀석은 피아퐁을 모르는 모양이다. 이 녀석은 또 누구의 영웅이 될까? 우리 모두는 누군가의 영웅이다. 일영에게는 대일이라는, 대일에게는 태형이라는, 태형에게는 일영이라는 영웅이 있다. 나는 물론 내 아들에게 영웅이었다. 모두의 아버지와 마찬가지로.

"박사님이라고 부르라고 했지?"

내가 벌떡 일어나자 피아퐁은 쏜살같이 공을 몰고 도망간다. 나는 있는 힘껏 달려가서 몸을 날렸다. 대일이가 알려 준 자세 그대로라고 생각했는데 뭔가 아닌 모양이다. 내 몸이 허리부터 떨어지더니 숨이 턱 막히는 느낌이 든다.

"도대체 왜 그러세요?"

아이들이 웃고 있는 가운데 태형 감독이 투덜거리며 다가왔다. 난 옷을 툭툭 털고 일어났다. 사실 아프지만 아픈 척은 할수 없다.

"아닐세."

최대한 근엄한 표정으로 관중석에 가서 다시 자리를 잡았다. 옆에 앉은 고슴도치가 혼잣말을 했다.

"주책이라니까, 주책."

"다 들린다."

"들리라고 한 거예요."

"자꾸 그런 식으로 말하면 다시는 그림 안 가르쳐 준다."

"배울 것도 없어요."

요즘 일영이는 너무 밝아져서 문제다. 누구에게나 거침이 없다. 대일이에게는 조금 다른 모습이지만. 대일이 녀석이 멋지게 피아퐁에게 태클을 해서 공을 뺏더니 나를 보고 씩 웃는다. 아니, 일영이를 보고 웃은 건가?

나는 이들을 데리고 추꾸 팀이란 블록을 만들고 있다. 내 아이가 그랬던 것처럼 밤을 새워서라도 이 멋진 블록을 완성하고 싶다.